정여운 논픽션집

오름마다 붉은 동백

2부 | 오름마다 붉은 동백

불에 탄 동백

통꽃으로
모가지가
잘려도
낭자하게
짓밟혀도
불에 타도

계속

피. 어. 난. 다

피. 어. 난.
　　　　다.
　　　피
　　어
　　　난
　　　　다

2024. 만추
정여운

ⓒ정여운. 제목: 꽃무덤 2020. 11.

1부

제주 4·3사건이 뭔가요?

제주4·3사건의 도화선이었던 3·1사건

　제주4·3사건에 대해 공부하면서 문득 캄보디아의 킬링필드
가 떠올랐다. 80년 초에 본 영화였는데 일부 장면은 아직도
기억이 난다. 이 '킬링필드(killing field)'는 캄보디아에서 1975
년부터 1979년 내전 중에 이유도 없이 같은 민족에 의해 학살
된 대사건이다. 당시 캄보디아 인구의 200만 명이 학살되었
다. 캄보디아인들에게는 엄청난 상처일 것이다. 캄보디아 곳
곳에 상흔이 많이 남아 있다. 캄보디아의 '킬링필드' 박물관에
가면 두개골이 멀쩡한 게 하나도 없다고 한다. 인간의 잔혹성
을 볼 수 있다.

　한국의 제주4·3사건은 어떤가. 캄보디아의 킬링필드와 공
통점이 있지 않은가. 같은 민족을 대량 학살했다는 점이 그렇
다. 도대체 왜 그래야만 했을까. 전쟁도 아닌데 왜 전쟁 같은
대량 학살 사태가 생겼을까. 왜 제주도가 초토화되었을까. 제
주 4·3사건이 발발한 해가 1947년이면 해방 직후였다. 당시

의 시대상을 이해해야 궁금증을 풀 수 있을 것 같다. 그 궁금 증을 해소하기 위해 나는 딸아이와 같이 2020년에 제주 제주 4·3평화공원을 찾았다.

4·3평화기념관 내에는 당시의 사건에 관한 기록 요약부터 사진, 영상, 당시에 사용한 총기류 탄피, 유해발굴 당시 발견한 도장과 단추, 유품들까지 다양하게 전시되어 있었다. 우리는 4·3평화기념관을 돌며 72년 전의 시대로 돌아가 보기로 했다.

"엄마, 왜 4·3사건이 제주도에서 생겼을까요?"

"그때가 1947년 3월 1일이었는데 제주 북국민학교에서 3·1 절 기념대회가 열렸는데 사람들이 얼마나 많이 왔는지 발 디딜 틈이 없었다고 해. 남녀노소 할 것 없이 젖먹이까지 왔었대."

텔레비전과 책에서 본 것을 토대로 나는 딸에게 설명해 주었다.

당시 행사에 참여한 사람이 대략 2만 5천 명에서 3만 명으로 제주 주민 전체의 십분의 일이 넘는 사람이 모인 셈이다. 1947년 3월 1일은 해방 후 두 번째 맞이하는 3·1절로 제주도 좌익진영은 이날 기념식을 전 도민적 행사로 치르기로 준비하였다.

"나라를 잃고 지내다가 해방이 되었으니 기념행사에 그렇게 많이 모였던 거라고 해. 학교에서 집회를 하고 가두시위를 하며 관덕정 광장으로 간 거래."

그때 3·1절 28주년 기념행사에 참여했던 많은 사람들은 "친일파를 처단하자!" 그 외에도 여러 가지 구호를 외치며 관덕정 광장으로 가던 중이었다.

"시위대가 미군정청과 경찰서가 있던 관덕정을 거쳐 서문통으로 빠져나간 뒤 관덕정 부근에 있던 기마경찰의 말발길에 어린 아이가 차였다고 해. 사람이 다쳤는데 경찰이 그냥 지나가니 사람들이 흥분해서 돌을 던지며 항의를 했대."

나는 제주도로 답사를 떠나기 전에 미리 4·3사건에 관한 내용을 어느 정도 공부를 한 상태였기에 딸이 묻는 말에도 곧바로 대답해 줄 수가 있었다.

마침 벽면 한쪽에는 당시 4·3사건 발발 배경에 관한 영상이 틀어져 있었다. 박재동 화백이 주가 되어 그린 그림 '오돌또기'에서 제작한 애니메이션에 말 달리는 소리와 경찰들이 민간인을 향해 쏘는 총소리가 효과음으로 나오고 있었다. 책에서만 볼 때보다 훨씬 뚜렷하게 스토리와 장면이 각인되었다.

"경찰이 사과를 안 하고 말을 타고 도망가니까 사람들이 돌을 던지며 항의한 건데 관덕정 근처에 있던 무장경찰들이 주민들을 보고 총을 쏘았대. 저기 저 영상처럼."

그때 경찰의 발포로 주민 6명이 죽고 6~8명이 부상을 입었는데, 이 사건으로 제주도가 들끓기 시작했다. 이 '3·1절 발포

사건'이 제주 4·3의 도화선이 된 것이다.

딸과 나는 4·3평화공원 내에 전시된 당시의 기록 내용을 보았다.

"희생자 중에는 국민학생도 있었고 젖먹이 아기를 안고 죽은 젊은 엄마도 있었고, 농부도 있었대요."

"그러게 말이다. 그 사람들이 무슨 죄가 있다고 죽였을까."

그 후 경찰의 사과문은 없었고, 과잉진압이라고 도민에게 알려지자 1947년 3월 10일부터 제주도청을 시작으로 민관 총파업이 일어났다. 파업에는 행정기관, 학교, 은행, 교통, 통신기관, 회사 등 160개 단체, 4만여 명이 참여하였으며, 심지어는 경찰의 20%도 파업에 참가해 제주도의 행정기능이 마비되었다.

미군정하에 있었던 일인데 미 군정과 경찰은 사태수습을 어떻게 했을까. 나도 이 부분이 궁금해졌다.

미국은 제주도를 '붉은 섬'이라 지목했고 경찰의 발포를 정당하다고 했다. 당시 미군정청은 사건의 진상을 조사했으나 공식적인 진상 발표는 하지 않고 3월 13일에 돌아갔다. 파업에 동참한 사람들은 다 파직당했다. 파업 주모 혐의로 민주주의민족전선(民主主義民族戰線) 간부들을 연행하고 경찰서에 가두고 형무소에 수감도 시켰다.

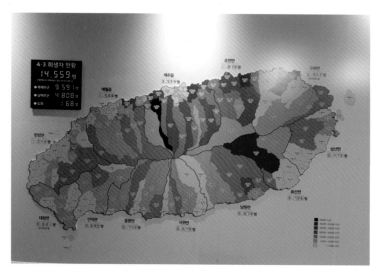

▲ 4·3희생자 현황. 제주4·3평화기념관(2020. 11.)

미 군정은 3월 15일 전남·북 응원 경찰 222명, 3월 18일 경기도 응원 경찰 99명을 증파해 총파업에 강경 대응했다. 조병옥 경무부장이 3월 19일에 담화문을 발표하여 경찰의 발포를 정당방위로 주장하고 이 사건을 북조선과 통모로 발생했다는 내용을 공표해서 제주도를 빨갱이 섬으로 조작했다.

또한 미 군정은 3월 15일부터 파업 주모 혐의로 민전 간부들을 연행하기 시작하여 4월 10일까지 500명을 검속했다. 검속된 자들 중에는 재판에 회부되거나 실형을 언도받아 52명이 목포형무소에 수감되었다. 1947년 3·1사건 이후 1948년 4·3사건 발발 직전까지 1년 동안 2,500명이 검속됐다.

"당시 해방이 되었다고는 하나 실제로는 독립이 안 된 상태였던 거네요?"

"그렇지. 남한에는 미군이 북한에는 소련이 군사통치를 했었다잖아. 일제 치하에 있던 경찰들이 그대로 하고 미 군정과 서북청년회의 탄압에 사람들 불만이 컸는데, '미곡수집령'을 내려 쌀을 강제로 가져가려 해서 농민들 원성이 더 컸다고 해."

"서북청년회라면 북한에서 남하한 악명 높은 응원 경찰들 말이에요?"

"맞아. 1946년에 결성한 극우 청년단체인데 갈취와 폭행이 말도 못 하게 많았대. 서청들이 제주에 와서 경찰부터 행정에 교육기관까지 잡고는 '빨갱이 사냥'을 한다며 민심을 흔들었대. 그 당시 서청을 미 군정 정책에 반대하는 지역에 투입시켰대."

당시 한반도는 분단의 위기에 봉착하고 있었다. 남로당 제주도당은 이반된 민심과 5·10 단독선거 반대 투쟁을 결합하여 경찰과 서청의 탄압에 대한 저항과 남한만의 단독정부 반대를 기치로 무장봉기를 일으키게 되었다.

1948년 4월 3일 새벽 2시, 한라산 기슭 오름마다 봉화가 불타오르면서 남로당 제주도위원회가 주도한 무장봉기가 시작되었다. 350명의 무장대는 12개 경찰지서와 서북청년회

등 우익단체 단원의 집을 지목해 습격했다.(2021)

▲ 관덕정(2020.11)

해원 상생, 평화와 화해의 길
—4·3 희생자 추념식에 다녀와서

제주도에 가면 '제주민예총'이라는 예술단체가 주관하여 매해 개최하고 있는 해원상생굿을 보고 싶었다. 하지만 해원상생굿을 꼭 4월만 하는 것은 아니었다. 많은 희생자들을 위한 해원상생굿을 한 번은 꼭 보고 싶었던 나는 2023년 4월 3일 오전 10시에 제주4·3평화공원 위령제단 추념광장에서 거행되는 제75주년 4·3 희생자 추념식에 가기로 했다.

4·3 행사 당일이었다. 아침 일찍부터 숙소에서 짐을 챙겨 평화공원으로 이동했다. 초보 운전자인 딸은 며칠 사이에 운전 실력이 제법 는 것 같다. 내가 운전을 하고 싶었지만 핸들을 놓은 지 오래돼서 마음처럼 안 될 것 같아 딸에게 그냥 맡기기로 했다.

추념식에 일반인이 가도 되는지, 사전 예약 같은 건 없는지 궁금해서 K 시인님께 전화했다. 윤석열 대통령이 오지 않아 통행 제한을 하지 않을 것이니 참석할 수 있다고 했다. 추념식은 야외 공원에서 거행한다고 했다.

내비게이션에 '4·3평화공원'이라고 주소를 찍고 열심히 자동차로 달렸다. 평화공원이 가까워지자 많은 경찰이 여기저기에서 양팔을 흔들며 교통정리를 하고 있었다. 아침 열 시에 식이 거행되는데 평화공원 앞에 도착하니 열 시 5분 전이었다. 차에서 내리자마자 달리기 시작했다. 넓은 평화공원 광장을 지나 계단을 한참 올라가니 많은 사람이 나와 있었다.

의자에 앉아 있는 사람, 서 있는 사람, 카메라를 든 사람, 썬캡을 쓴 사람, 모두 같은 마음으로 나와 있는 듯했다. 나는 입구 데스크에서 안내 책자를 받아 들고 입장했다. 많은 사람이 자리에 앉아 있었다. 드문드문 빈자리가 보여 적당한 자리를 찾아 앉았다. 잠시 후 안내 방송과 함께 묵념이 시작되었다.

하늘은 더없이 청명했고 가끔 까마귀와 까치가 야외 행사장 위를 날아다녔다. 나는 그 까마귀와 까치에게 시선이 자꾸만 갔다. 어쩌면 저들도 한 팀처럼 날아다니는 걸까. 까마귀가 왼쪽 무대에서 한 바퀴 돌고 사라지면 오른쪽 무대에서 까치가 한 바퀴 돌며 왼쪽으로 사라진다. 그러곤 다시 나타난다. 저들도 이 자리가 어떤 자리인지 아는 듯싶었다. 마치 무슨 공연이라도 하는 듯이 슬픈 춤이라도 추는 듯이 낮게 조금 높게 날아다닌다.

잠시 후 한덕수 국무총리의 짧은 추도사 대독이 있었다. 많은 정계 인사들이 참여했는데 현직 대통령이 참여하지 않았다. 제주 4·3 행사는 국가적 차원의 행사이다. 국가폭력으로 희생된 이들을 위한 추념식인 만큼 그동안 역대 대통령이 많이 참여했다.

올해로 제주 4·3사건 75주년을 맞이했다. 무대에 설치된 '제75주년 4·3 희생자 추념식'이라는 글자에 시선이 멈춘다. '75주년'이라면 반세기가 훨씬 지났다. 그 당시 많은 희생자들이 세상을 떠났고 유가족들은 벌써 고령이 되었거나 고인이 되었을 세월이다. 그해에 태어난 아기였다 하더라도 벌써 75세의 노인이 되었을 세월이다. 눈물과 아픔과 한으로 얼룩졌을 많은 희생자와 그 유족들에게 조의를 표했다.

행사는 1부와 2부로 나누어서 진행했는데 1부는 추념식으로 2부는 문화제 형식으로 진행되었다. 슬픔을 추모하되 이제는 그 아픔과 슬픔을 딛고 그 무거움에서 조금 벗어나 보자는 의미로 느껴졌다.

추념식을 할 때 신기한 것이 내게 보였는데 개회할 때 나타났던 까마귀와 까치들이 다시 나타나서 행사장 위로 빙빙 날아다녔다. 나는 그 까마귀를 볼 때면 현기영 소설가의 「도령마루 까마귀」가 자꾸 생각이 났다. 까마귀에 빗댄 그때 4·3사건 당시의 토벌대이던 군·경들은 이제 없는데, 저 까마귀들은 무엇을 말하려고 나타난 것일까. 반대편에서는 까치가 날아 서로에게로 다가가는 이 조류들의 만남이라니. 참 묘한 생각이 들었다. 오작교를 만드는 까마귀처럼 저 새들이 이 행사에서 상생과 화해의 다리를 놓아 주러 온 걸까.

예부터 까마귀는 흉조를 상징하고, 까치는 길조를 상징해 왔다. 이 둘이 함께 나타나서 허공에서 춤추는 것은 아프고 슬픈 과거사를 이제 걷고 서로 화해하라는 상생의 뜻일까. 나는 휴대폰 줌을 당겨 까마귀와 까치를 사진 찍었다.

추념식이 끝나고 2부에서는 추모 공연이 있었다. 가수 송가인 씨와 이정 씨가 노래를 불렀고 뮤지컬 배우 남녀가 진혼곡을 불렀다. 소복 입은 뮤지컬 여배우가 진혼곡을 부를 때 그 옆에서 초등학교 저학년으로 보이는 여자아이가 "할머니, 할머니…" 할 때는 가슴이 아려 왔다. 많은 희생자 할머니들이 떠올랐다. 무명천 진아영 할머니도 생각났다.

대형 스크린에는 무명천 할머니의 영상이 떠올랐다. 그 많은 희생자들의 한 많은 세월을 어찌 말로 다 할 수 있으랴. 무명천 할머니의 영상이 끝나자 무용단원들이 크게 원을 그리며 모여 앉아 동백꽃 한 송이로 오므리며 마무리하는 것이 인상적이었다. 여러 무용 단원들이 해원과 상생을 기원하며 무대를 장식했다. 숙연해졌다.

작은 한반도, 섬나라 제주도에서 국가 폭력으로 인해 많은 시민들에게 상흔이 있었다는 것을 알고 마음이 아팠다. 아프고 슬픈 원혼들을 달래주는 추념식에 참석한 후 새로운 역사관을 갖게 되었다. 역사는 반복된다는 말이 있다. 좋은 역사는 반복되어야겠지만 제주4·3사건 같은 역사는 반복되지 말아야 할 것이다. 그러려면 내 자식들에게라도 제주4·3사건에 관한 역사 교육을 해야 할 것이다. 역사에서 망각만큼 무서운 것도 없을 것이다. 이번 여행은 아이들과 함께 하며 산교육을 한 것 같아 좋았다.

뒤늦게 제주4·3사건에 대해 알게 된 것이 부끄럽지만 이 글을 쓰면서 제주도에 대해 많이 알게 되어 다행이라 여긴다. 그동안 고통과 설움 속에 살아온 섬, 불에 탄 섬 제주도. 제주를 여행하는 사람들이라면 유채꽃의 아름다움과 함께 그 속에 숨은 그늘과 이슬도 볼 수 있었으면 좋겠다.

평화를 잃고 난 뒤에 간절히 원하는 평화처럼, 전쟁 같은 제주4·3사건도, 6·25 전쟁도 다시는 이 땅에 일어나지 않기를 염원한다. 인권은 누구에게나 소중한 것이니까. 해원과 상생으로 평화와 화해의 길로 같이 갈 수 있기를 소망한다.(2023)

▲ 4·3 희생자들 각명비. 제주4·3평화공원(2023.4.3)

▼ 제75주년 4·3 추념식 문화제(2023.4.3)

▼ 제주4·3평화기념관 전경(2020.11)

대한민국의 역사 제주4·3사건

　제주4·3평화공원에 들어서니 건물 외벽에 크게 붙은 "제주 4·3은 대한민국의 역사입니다"라는 글자가 반겨주었다. 인터넷으로만 보던 곳을 직접 답사하게 된 것이다. 글자를 보는 순간 마음이 경건해지고 숙연해진다.

　출입구를 찾는데 한쪽에 서 있는 망주석(望柱石)[1]이 시선을 끈다. 망주석의 상단 부분이 총상으로 파손되었다. 4·3사건 당시 토벌대가 무장대로 오인하여 사격한 흔적이 보였다. 그때의 총탄이 아직까지 박혀 있다. 이 유물이 4·3사건의 증인이다. 이 망주석은 김두연(전 제주4·3희생자유족회) 씨가 제주시 아라동 소재 5대조 묘에 세워졌던 것을 2006년 11월 2일에 제주4·3평화재단에 기증했다고 안내판에 적혀 있다.

　망주석 옆으로 조금 걸어가니 베를린 장벽의 일부분이 서

1　무덤 앞에 쌍으로 세우는 돌기둥.

▲ 망주석(2020.11)

있다. 동독과 서독이 통일되면서 허물어졌던 그 베를린 장벽,
독일에서 보내온 것이다. 우리나라도 하루빨리 통일이 되었으
면 하는 바람으로 그 앞에서 기념사진을 찍었다. 공원 정문 쪽
에 조형물 동백꽃 한 송이가 4·3 희생자들의 상징처럼 피어
있다.

▲ 베를린 장벽(2020. 11.)

4·3평화기념관으로 들어가는 입구에는 동굴 형상을 재현시켜 놓고 있다. 그곳을 따라 들어가면 여러 가지 자료들이 전시되어 있다. 가장 먼저 만나게 되는 것이 백비이다. 세워져 있어야 할 백비가 눕혀져 있다. 마치 석관처럼. 그 옆에 새겨져 있는 글귀를 읽어본다. "언젠가 이 비에 제주4·3의 이름을

새기고 일으켜 세우리라" 저 백비도 이제는 일어서서 이름을
새겼으면 좋겠다.

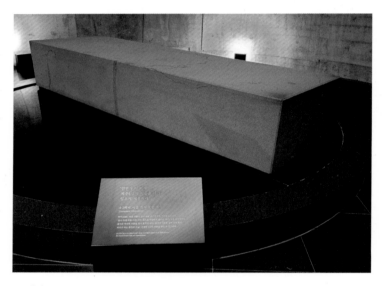

▲ 백비(2020. 11.)

4·3사건이 일어나기 전 제주도와 한반도의 국제정세는 어
떠했을까. 제2차 세계대전 말 일제는 일본 본토가 미군에게
점령당할 위기에 놓이자 1945년 3월, 제주도를 본토 방어 결
전지로 이용하려는 '결(決)7호 작전'을 결정했다. 제주도의 모
든 군을 통솔하는 제58군사령부를 창설하고, 만주 관동군 예
하 부대였던 제111-제121사단과 서울 주둔 제96사단 등 일

본군 7만 명(당시 제주도민 22만 명)을 배치했다. 제주도는 일본군의 요새로 전락했다.

1945년 9월 2일 도쿄만에 정박한 미주리함에서 일본 외무대신이 항복 문서에 서명을 한다. 미군은 일본군의 무기와 폭발물을 바다에 버리고 비행기들을 폭파했다. 일본군 무장해제 사진이 4·3평화공원에 전시되어 있었다. 직접 겪지 않았던 사람도 그 사진을 보면서 온몸에서 전율이 일어나는데 피해 당사자들의 심정은 어떠했을까.

4·3평화기념관 안에는 고 김익렬 연대장의 회고록도 보관되어 있었다. 김익렬 연대장은 당시 무장대 대장인 김달삼과 평화협상을 우여곡절 끝에 맺었던 사람이었다.

김익렬 연대장은 그의 회고록에서, 4시간에 걸친 협상을 성공적으로 끝내고 밤늦게 제주읍으로 건너와 맨스필드에게 보고하자 맨스필드는 큰 만족감을 표했으며 자신이 요청한 대로 전 경찰에 대해 지서 밖 외부에서의 활동을 일체 금하도록 명령을 내렸다고 밝혔다.[2]

1948년 4월 28일, 미 군정과 무장대와의 평화 협상이 그렇게 성사되었다. 평화 협상이 성사되었는데 제주4·3사건은 왜 발발하게 되었을까. 어디에 문제가 생겼던 것일까.

제주 4·3 평화공원에 전시된 김익렬 9연대장의 회고록을

---

2 제주 4·3사건진상보고서 197~198쪽 일부 인용.

보자 딸아이가

"엄마, 김익렬 연대장과 김달삼 무장대와 평화 협상이 이루어졌는데 왜 4·3사건이 일어났을까요?"

하고 묻는다.

"그건 5월 1일 날, 제주읍 오라리 마을을 불태운 사건이 터졌기 때문이래. 경찰이 오라리 마을을 불태워놓고 무장대가 저지른 일이라고 몰아갔거든."

"평화 협상이 깨어진 격이 되었네요?"

"그렇지. 경찰이 5월 3일에는 경비대를 공격하고 무력을 쓰며 진압했다고 해."

"무장대는 어떻게 반응하였나요? 다시 대치 관계로 넘어갔겠네요?"

"그렇지. 5·10 총선거를 무산시키기 위해 주민들을 산으로 보내는 등 반대가 심했기에 제주도의 세 선거구 중에서 두 선거구가 투표율 미달로 선거가 무효가 됐대. 전국 200개 선거구에서 유2하게."

"그때는 미군정 하에 있었던 시기였잖아요. 미군정은 그 일을 어떻게 처리하였대요?"

"1948년 5월 3일에 딘 군정장관이라는 사람과 미군 수뇌부가 무장대를 총공격해 제주 사건을 단시일에 해결하라고 경비대 총사령부에 명령했다는 거야."

"김익렬 연대장은 무장대에게 항복할 기회를 주고 평화 협상을 하기로 했는데, 미 군정 수뇌부가 뒤집었다는 건가요?"

"응. 평화적으로 해결하려던 '귀순공작'이 파기되고 무력으로 강경 진압하라는 명령이 떨어졌대."

1948년 5월 3일은 김익렬─김달삼 간의 평화협상에 따라 '귀순'의 성격을 띠고 산에서 내려오던 사람들이 정체불명의 자들로부터 총격을 받는 사건이 벌어져 평화 협상이 깨지는 계기가 된 날이기도 하다. 김익렬 연대장은 총격을 가한 자를 잡아보니 경찰이었으며, 취조한 결과 '상부의 지시에 의해 폭도들의 귀순공작 진행을 방해하는 임무를 띤 특공대'라고 자백했다고 증언했다.[3]

김익렬 연대장은 경찰의 행태에 대해 "경찰은 폭동 진압에 뜻이 있는 것이 아니라 자기들의 과오와 죄상을 은폐하기 위하여 오히려 폭동을 조장, 확대하려고 하였다. 경찰들은 폭도를 가장하여 민가를 방화하고는 폭동의 소행으로 선전하고 다녔고, 이렇게 되자 폭도들도 산에서 내려와 각 지서를 습격하여 중지되었던 전투가 다시 개시되었다"면서 전투가 재발

---

3 『제주4·3사건진상조사보고서』(2003) 201쪽. 金益烈 앞의 글 (제민일보 4·3취재반, 앞의 책, pp. 334~335.) 재인용.

되자 맨스필드 중령도 크게 화를 냈다고 밝혔다.[4]

제주 주둔 미 59군정 중대장 맨스필드 중령과 김익렬 연대장이 제주도에서 평화 협상을 실행하기 위해 노력했던 것과는 달리, 중앙의 미군 수뇌부는 이미 무력 진압 방침을 채택했고 이를 경비대 총사령부에 지시했던 것이다.

1948년 5월 5일 딘 군정장관은 안재홍(安在鴻) 민정장관, 조병옥(趙炳玉) 경무부장, 경비대 사령관 송호성(宋虎聲) 준장 등을 이끌고 제주를 방문해 비밀회의를 개최했다. 이 회의에는 59군정 중대장 맨스필드 중령, 제주도지사 유해진(柳海辰), 경비대 9연대장 김익렬(金益烈) 중령, 제주 경찰 감찰청장 최천(崔天)과 딘 장군 전속 통역관 등 모두 9명이 참석했다. 군정청의 수반을 비롯해 모두가 군·경의 수뇌부들이었다.

"김익렬 연대장 회고록에 의하면 1948년 5월 5일에 맨스필드 중령이 사회를 보는 회의가 열렸대. 회의 내용은 극비였고, 누설자는 군정 재판에 회부하겠다고 선언했대."

"네. 어떤 내용이었을까요?"

"처음 상황 설명을 한 사람이 최천 제주 경찰 감찰청장이었는데, 사태의 성격을 국제 공산주의자들이 사전에 계획한 폭

---

4 『제주4·3사건진상조사보고서』(2003) 201쪽. 金益烈 앞의 글 (제민일보 4·3취재반, 앞의 책, 334~335) 재인용.

동이라고 하고, 대규모 병력을 동원한 군·경 합동 작전만이 사태를 진압할 수 있다고 했대."

나는 『제주4·3사건진상조사보고서』에서 본 대로 딸에게 하나씩 설명하기 시작했다.

"대규모 병력을 동원한 군·경 합동 작전만이 사태를 진압할 수 있다고 했다고요?"

"그때 두 번째로 김익렬 연대장이 나서서 '폭동은 복합적인 이유에서 비롯되었다.' 입산자들이 늘어나는 것은 경찰의 잘못도 있다고 주장했대."

"그분이 진짜 군인이네요. 사실 경찰이 잘못한 것도 많이 있었잖아요? 오라리 방화사건도 그렇고."

"김익렬 연대장은 또 적의를 가진 폭도와 일반 민중 동조자를 분리시켜 폭도를 도민들로부터 고립시켜야 한다고 사태 해결책을 제시했대.[5] 그러고는 작전의 통일성을 기하기 위해 제주 경찰을 자기가 지휘할 수 있게 해 달라고 건의했대. 김익렬 연대장은 이어 경찰의 행동을 의심할 만한 물적 증거물과 사진첩을 제시했대."

나는 딸에게 설명을 계속했다.

"증거물과 사진첩을 제시했더니 어떻게 되었대요?"

딸이 궁금한 듯 물었다.

---

5 『제주4·3사건진상조사보고서』, 2003, 201~203쪽 재구성.

"딘 장관이 조병옥이라는 경무부장에게 '이게 어떻게 된 일이요? 당신의 보고 내용과 다르지 않소?' 하며 질책했대."

"조병옥이라는 사람은 가만히 있었을까요? 허위로 보고한 게 밝혀졌는데요?"

"응. 조병옥이가 김익렬 연대장의 설명은 잘못된 것이고, 증거물도 사진첩도 모두 조작된 것이라고 잡아뗐대."

"어떻게 그럴 수가. 증거를 눈앞에 제시했는데도 조작이라고 했다고요?"

"응. 그러고는 김익렬 연대장을 가리키며 '저기 공산주의 청년이 한 사람 앉아 있소'하며 큰소리로 외쳤대."

"대단하네요. 그런 사람을 무슨 경무부장이라 할 수 있어요?"

"조병옥은 김익렬의 아버지는 국제 공산주의자로 소련에서 교육을 받고, 이북에서 공산주의 간부로 활약하고 있고, 김익렬은 자기 아버지의 지령을 받아 행동하고 있다고 했대. 그 말을 들은 김익렬 장군이 격분해서 조병옥에게 달려들어 몸싸움이 일어났고 회의는 난장판이 되었대."

김익렬 회고록에 의하면 5월 5일 김익렬 연대장이 자신을 공산주의자로 몰아붙인 조병옥 경무부장에게 달려들어 싸움이 벌어졌을 때, 송호성 경비대 총사령관과 안재홍 민정장관이 적극적으로 싸움을 말리지 않았다는 것이다. 특히 김익렬 연대장은 송호성 총사령관이 고함을 지르며 "이놈! 이놈!" 호령했는데 그 대상이 불분명했으며, 자신은 그것이 조병옥을 향한 욕이라는 느낌을 받았다고 증언했다.

김익렬은 연대장 해임 후 서울로 가서 총사령관에게 제주 상황을 보고했더니 송호성은 "제주도 사람들은 이제 다 죽었구나"라며 걱정했고, 서울의 경비대 장교들은 자신의 행동에 대해 한결같이 칭찬하고 지지해 주었다고 했다. 또한 안재홍은 싸움이 그치지 않자 갑자기 탁자를 두드리고 통곡을 하면서 "아이고 분하다. 분해! 연대장 참으시오! 이것이 다 우리 민족 스스로의 힘으로 해방이 된 것이 아니고 남의 힘을 빌려서 해방이 된 때문에 이런 억울한 일을 당하는 것이오. 연대장! 참으시오!"라고 했다는 것이다.[6]

1948년 5월 5일의 '제주회의'와 5월 6일 연대장 교체는 5·10 선거를 앞두고 제주사태를 조기 진압하기 위한 미군정 수뇌부의 조치였다.(2021)

6　金益烈, 앞의 글 (제민일보 4.3취재반, 앞의 책 342~347쪽). 『제주4·3사건진상조사보고서』 2003. 205쪽 재인용.

박진경 연대장의 암살

군정장관 딘 소장이 제주에서 군정 당국 수뇌 회의를 주재하고 떠난 다음 날인 5월 6일, 전격적으로 제9연대장의 교체가 이루어졌다. 그동안 화평정책을 추진해 온 김익렬 중령을 해임하고 그 후임에 경비대 총사령부 인사처장 박진경 중령이 발령났다.

경비대 총사령부는 1948년 5월 4일 수원에서 창설된 제11연대를 5월 15일 제주도로 이동시키면서 기존의 제9연대를 제11연대에 합편(合編)토록 했다. 그리고 초대 제11연대장에 박진경 중령을 임명했다.[7] 즉 5월 6일 제9연대장의 자격으로 제주도에 온 박진경 중령은 5월 15일자로 제11연대장으로 변경됐고, 6월 18일 부하에 의해 암살될 때까지 한 달 열흘가량 제주도에 머물며 진압 작전을 지휘한 것이다.

---

7 육군본부 군사감실. 『육군역사일지』 제1집, 1948년 5월 15일. 『제주4·3사건진상조사보고서』 2003. 217쪽 재인용.

박진경 연대장이 부임한 직후인 5월 20일 경비대 병사 41명이 집단으로 탈영해 무장대에 합류하는 사건이 벌어졌다. 탈영병들은 주로 제주 출신이었다. 이 사건은 진압 작전을 더욱 강화시키는 결과를 빚었다. 또한 이 사건으로 제주 출신 병사들이 진압 작전에서 소외되었다는 것도 문제였다.

　박진경 연대장의 작전 평가는 극단적으로 나뉘는데 하나는 선무공작으로 주민들의 민심을 돌리기 위하여 단위 대장에게 선무공작을 강조하였다는 것이고 하나는 "무자비한 작전 공격이었다."는 것이다. 박진경 연대장이 무모한 강공작전을 폈다는 주장은 그가 연대장 취임식 때 "폭동사건을 진압하기 위해서는 제주도민 30만을 희생시키더라도 무방하다"고 발언했다는 전임 연대장의 증언[8]과 맞물려 더욱 증폭되고 있다.

　박진경 연대장을 직접 저격했던 손선호(孫善鎬)는 재판장에서 박진경 연대장을 이렇게 비판했다.

　박 대령의 30만 도민에 대한 무자비한 작전 공격은 전 연대장 김익렬 중령의 선무 작전에 비하여 볼 때 그의 작전에 대하여 불만을 갖지 않을 수 없었다. 그러한 그릇된 결과로 다음과 같은 사태가 빚어졌다. 우리가 화북이란 부락에 갔을 때 15세 가량 되는 아이가 그 아버지의

8　김익렬 실록유고, 「4·3의 진실」(제민일보 4·3취재반 앞의 책, 345쪽). 『제주4·3사건 진상조사보고서』, 2003, 218쪽 재인용..

시체를 껴안고 있는 것을 보고 무조건 살해하였다. (중략) 사격연습을 한다 하고 부락의 소(牛) 기타 가축을 난살(亂殺)하였으며 폭도의 있는 곳을 안다고 안내한 양민을 안내처에 폭도가 없으면 총살하고 말았다. 또 매일 한 사람이 한 사람의 폭도를 체포해야 한다는 등 부하에 대한 애정도 전연 없었다. 박 대령을 암살하고 도망할 기회도 있었으나 30만 도민을 위한 일이므로 그럴 필요도 없었다. 나 하나의 생명이 30만의 도민을 위한 것이며 3천만 민족을 위한 것인 만큼 달게 처벌을 받겠다.[9]

손선호의 주장은 박진경 연대장의 참모였던 임부택(林富澤) 대위의 증언과도 비슷하다. 임 대위는 재판정에서 '①조선 민족 전체를 위해서는 30만 도민을 희생시켜도 좋다 ②양민 여부를 막론하고 도피하는 자에 대하여 3회 정지 명령에 불응하는 자는 총살하라'는 박진경 연대장의 명령에 대해 진술했다.

1948년 6월 18일 새벽 제11연대장 박진경 대령이 그의 숙소에서 부하들에 의해 암살당하는 사건이 발생했다. 박 연대장은 진급 축하연에 참석해 술을 마신 뒤 숙소로 돌아와 잠을 자던 중 이튿날 새벽 3시 15분경 M-1 소총 총탄에 맞아 피살되었다. 딘 군정장관은 박진경의 죽음에 크게 분노했다고 한다. 딘 장관은 피살사건이 벌어진 18일 정오 총포 연구자 2명

---

9 『朝鮮中央日報』 1948년 8월 15일. 『제주4·3사건진상조사보고서』 2003. 219쪽 재인용.

을 대동하고 급히 제주로 향했다. 딘 장관은 현지 사정을 조사한 뒤 이날 저녁 박 연대장의 시신을 싣고 귀경하였다.[10] 박 연대장의 장례는 6월 22일 서울 경비대 총사령부에서 부대장(部隊葬)으로 치러졌다.

수사는 한 장의 투서에 의해 실마리가 풀렸다고 한다. 투서는 '문상길 중위와 연대정보과 선임하사를 잡아보면 암살사건 전모를 밝힐 수 있을 것'이라는 내용을 담고 있었다. 육사 3기인 문상길 중위는 모슬포 제9연대 창설 초기부터 소대장을 거쳐 중대장으로 근무하고 있었다. 문상길 중위를 시작으로 암살사건 연루자들이 체포됐다. 문상길(文相吉-중위), 손선호(孫善鎬-하사), 배경용(裵敬用-하사), 양회천(梁會千-이등 상사), 이정우(李禎雨-하사-미체포), 신상우(申尙雨-하사), 강승규(姜承珪-하사), 황주복(黃柱福-하사), 김정도(金正道-하사) 등 모두 9명이었다. 무장대 측 자료에 의하면, 암살사건 관련자 중 이정우는 M1 총 1정을 소지한 채 입산해 무장대에 합류했다.[11]

직접 총을 쏘아 박진경 연대장을 암살한 사람은 부산 5연대에서 파견되어온 손선호 하사인 것으로 밝혀졌다.

8월 9일 고등군법회의가 열렸다. 고등군법회의 검찰관 이

---

10 『朝鮮中央日報』 1948년 6월 20일. 『제주4·3사건진상조사보고서』 2003. 225쪽 재인용.

11 「제주도 인민유격대 투쟁보고서」 (文昌松 『한라산은 알고 있다. 묻혀진 4·3의 진상』 1995.) 82쪽에 수록. 『제주4·3사건진상조사보고서』 2003. 226쪽 재인용.

지형(李智衡) 중령은 문상길 중위가 무장대 책임자인 김달삼의 사주를 받아 암살계획을 세웠으며, 손선호 하사가 권총으로 박 대령을 암살했다는 내용의 기소문을 낭독했다.

그러나 문상길 중위는 법정에서 '김달삼 지령설'을 부인했다. 문상길은 동족상잔을 피해야 한다는 김익렬 전 연대장의 방침에 찬동했기 때문에 김익렬 중령과의 회견을 추진하기 위해 김달삼을 만난 적은 있으나 그의 지령을 받아 박진경 연대장을 암살한 것은 아니라고 말했다. 문상길은 이어 "심리조서에 서명 날인한 것은 전기고문 끝에 눈을 막은 후 조서에 대한 기록 내용 여하를 모르고 강제적으로 무조건 날인한 것으로 이 법정에서 진술한 것이 진실"이라고 말했다.[12]

이어 다른 피고인들도 한결같이 김익렬 전 연대장과 박진경 연대장의 작전을 비교하면서 무모한 토벌전을 막기 위한 것이 암살의 동기라고 밝혔다. 신상우 하사는 "박진경 대령은 동포를 학살하고 진급했다. 미 군인이 직접 위장(位章)을 달아주었다."고 진술했다. 특히 직접 박진경 연대장을 저격한 손선호 하사는 "3천만을 위해서는 30만 제주도민을 다 희생시켜도 좋다. 민족상잔은 해야 한다고 역설하여 실제 행동에 있어 무고한 양민을 압박하고 학살하게 한 박 대령은 확실히 반민

---

12 『朝鮮中央日報』 1948년 8월 14일. 『제주4·3사건진상조사보고서』 2003. 227쪽 재인용.

족적이며 동포를 구하고 성스러운 우리 국방경비대를 건설하기 위하여는 박 대령을 희생시키는 수밖에 없다."고 진술했다.[13]

　박진경 연대장 암살에 관한 '김달삼 지령설'은 4월 28일 김달삼과 평화협상을 했던 김익렬 전 연대장에게까지 파문이 확산돼 김익렬 중령은 그 배후 혐의로 전격 연행됐다. 그러나 김익렬 중령은 재판정에 나와 "모든 군사행동은 당시 최고 작전 회의 참모이던 드루스 미군 대위의 지휘였고 박 대령 살해는 나는 전혀 모른다"며 무장대와의 협상을 비롯한 모든 군사행동이 미군의 지휘 아래 진행됐음을 밝혔고, 경비대 총사령부 참모총장 정일권 대령도 이에 동의함으로써 혐의에서 벗어날 수 있었다.[14]

　관선 변호인 김흥수(金興洙) 소령은 "문 중위 이하 각인은 산사람의 지령을 받은 일도 없고, 또 무슨 사상적 배경도 없고 다만 민족애와 정의감에서 나온 범행이었으니 특별히 고려해 달라"고 변호했다. 김양(金養) 민선 변호인 주장을 살펴보자.

13　「漢城日報」 1948년 8월 14일. 「제주4·3사건진상조사보고서」 2003. 227쪽 재인용.

14　「國際新聞」 1948년 8월 14일. 「漢城日報」 1948년 8월 14일. 「제주4·3사건진상조사보고서」 2003. 228쪽 재인용.

금번 제주도 소요사건의 직접 원인이 일부 악질 경관과 탐관오리의 비행에 인하였다는 것은 이미 각 책임자들이 지적하는 바이다. 해방된 이 땅에서 제주도민들이 가진 그 모든 불행과 본의 아닌 민족상잔에서 쓰러진 동포의 죽음을 본 이 젊은이들이 어떻게 하면 이것을 방지하고 30만 도민을 구할 수가 있을까 하는 고민 끝에 어리석고 좁은 판단이나마 자기 생명을 희생시켜도 좋다는 뼈아픈 각오로 이러한 범행을 감행한 것이다. 물론 박 대령을 암살한 것은 유죄요 잘못이다. 그러나 이러한 범죄는 또 오늘날 이 혼란에 빠지고 있는 사회의 책임도 있는 것이다. 8·15 정권 이양을 앞두고 바야흐로 완전 자주독립 하려는 이때 외세가 재무장하고 이 땅을 다시 침략하려고 노리고 있으니 이러한 용감한 젊은 생명은 살려두었다가 차라리 우리 조국을 위하여 죽을 기회를 줄 것을 바라며 또한 그들은 반드시 민족을 위하여 싸울 것을 믿는다.[15]

그러나 검찰관 이지형 중령은 "그릇된 민족 지상의 이념에서 군대의 생명인 규율을 문란케 한 중범죄"로 규정하면서 피고인들에게 사형을 구형했다. 선고 공판은 대한민국 정부 수립 하루 전인 8월 14일에 열렸다. 재판부는 문상길 중위를 비롯해 신상우·손선호·배경용 하사관 등 4명에게 총살형을 언

---

15 『漢城日報』 1948년 8월 15일. 『제주4·3사건진상조사보고서』 2003. 228쪽 재인용.

도했다. 또 양회천에게는 무기징역을, 강승규에게는 5년 징역을 각각 선고했으며 황주복·김정도 하사에게는 증거 불충분으로 무죄를 선고했다.[16]

재판장인 통위부 감찰 총감 이응준 대령에 의해 내려진 이 판결은 유동열 통위부장을 거쳐 딘 군정장관의 인준을 받은 후 집행하는 절차를 밟게 돼 있었다.[17] 그런데 변호인의 감형 진정서가 제출되고, 각계에서 감형을 요구하는 성명을 발표하는 등 총살형에 반대하는 여론이 일었다. 그 덕분인지 신상우·배경용에 대한 총살형은 집행 직전 특사에 의해 무기형으로 감형되었다.[18]

그러나 문상길 중위와 손선호 하사는 결국 9월 23일 경기도 수색의 한 산기슭에서 총살형이 집행됐다. 문상길은 직접 마지막 유언 기회를 주자 "스물세 살을 최후로 문상길은 갑니다. 여러분은 조선의 군대입니다. 마지막 바라건대 ×××의 ××아래 ×××의 ××아래 ××를 하는 조선군대가 되지 말기를 바라며 갑니다."라고 말했다. 이어 손선호는 '혈관에 파도치는 애국의 깃발…'로 시작되는 군가를 부르다가 "오, 하

---

16 『京鄕新聞』 1948년 8월 15일. 『제주4·3사건진상조사보고서』 2003. 228쪽 재인용.

17 『朝鮮中央日報』 1948년 8월 15일. 『제주4·3사건진상조사보고서』 2003. 229쪽 재인용.

18 『京鄕新聞』 1948년 9월 25일. 『제주4·3사건진상조사보고서』 2003. 229쪽 재인용.

느님이시여! 민족을 위하여 싸우는 국방군이 되게 하여 주십소서."라고 기도를 올리고 총살되었다.[19]

나는 이 대목을 읽고 있자니 제주4·3사건 자료수집 할 때 텔레비전에서 본 그 영상이 자꾸만 겹쳐졌다. 재판정에 선 문상길 육군 중위와 손선호 하사의 영상, 두 눈을 가린 흰 천도 떠올랐다. 재판정에서 남긴 유언 같은 발언에 전율을 느끼며 손수건을 적셨다. 참군인, 그들이야말로 나라를 걱정하고 동포애를 가진 사람이라고 생각했다.

꽃다운 스물셋, 스물둘의 나이에 나라와 민족을 걱정하며 동족상잔의 비극인 제주도민의 희생을 온몸으로 막으려다 희생되고 말았으니. 그 선택이 박진경 대령의 암살밖에 없다고 생각했을 두 젊은 넋들을 생각하니 가엾고 안타깝고 마음이 무겁다.

---

19 『自由新聞』 1948년 9월 25일 ; 『서울신문』 1948년 9월 26일. 『제주4·3사건진상조사보고서』 2003. 229쪽 재인용.

문상길 중위와 손선호 하사[20]

당신들은 혁명의 용사다

제주 폭동 진압군 총지휘관을 피살하기까지
군인으로서 직속상관을 죽이고 목숨을 부지할 수 없다는 것은
너무나도 자명한 일이다

그럼에도 그들은 불나방이 되는 일을 두려워하지 않았다
도민 학살을 더 이상 두고 볼 수 없어 거사를 일으켰다는 그들,

'매국노의 단독정부 아래서 미국의 지휘 하에
한국 민족을 학살하는 한국 군대가 되지 말라는 저의 바람을 잊
지 말아 주십시오'

'오오, 삼천만 민족이여!'라는
마지막 말을 남기고 형장의 이슬로 사라졌다

---

20 우동식 시집, 『여순 동백의 노래』(2022, 실천문학) pp. 18~19.

제주도민 30만의 뼛속까지 새겨진

그 이름들

지휘관도 부하도 국가와 민족의 이름으로 부름 받고 죽었다

제주4·3 활화산의 불길이 여수로 옮겨붙었다

—우동식, 시 「문상길 중위와 손선호 하사」 전문

박진경 암살범 총살기[21]

언제: 1948년 9월 23일

어디서: 경기도 수색 동방 5리 지점 이름 없는 붉은 산기슭

소속: 육군 제11연대 육군 중위 문상길(23), 일등 상사 손선호(22)

입회: 미군 장교 2명, 관계인 장교, 기자

1948년 9월 23일 오후 3시 15분 두 사형수는 수색 국방군 제1
여단 사령부 정문에서 미군 트럭 한 대에 실려 벌거벗은 산과 산모
퉁이를 돌아 준비된 사형 집행장에 도착

네모로 깎은 말뚝이 둘

붉은 산기슭에 나란히 서 있다.

허리끈 없는 장교복을 입고 문 중위

마지막 담배를 피우고 나서

천천히 걸어간다.

그 하나의 말뚝을 향하여

---

21   강덕환 시집, 『그해 겨울은 춥기도 하였네』(2010, 풍경). pp. 94~95.

군기 사령관인 사형 집행 장교
총살형 집행장을 낭독한다.
마지막 유언의 기회를 준다.

"스물 세 살의 나이를 마지막으로 나 문상길은 저 세상으로 갑니
다. 여러분은 조선의 군대입니다. 매국노의 단독 정부 아래서 미국
의 지휘 하에 조선 민족을 학살하는 조선 군대가 되지 말라는 것이
저의 마지막 염원입니다. 이제 여러분과 헤어져 떠나갈 사람의 마
지막 바람을 잊지 말아주십시오."

외치는 음성도
부르짖는 소리도 아니다.
다만 청청한 마지막 말에
화답하는 산울림이 영롱하다.

몸이 말뚝에 묶인다.
하얀 수건이 눈을 가린다.
왼편 가슴 심장 위에
검은 동그라미 사격 표식이 붙여졌다.

—강덕환, 시「박진경 암살범 총살기」일부

▲ 4·3사건 희생자들 사진. 제주4·3평화기념관(2020. 11.)

▲ 김익렬 연대장 회고록(2020. 11.)

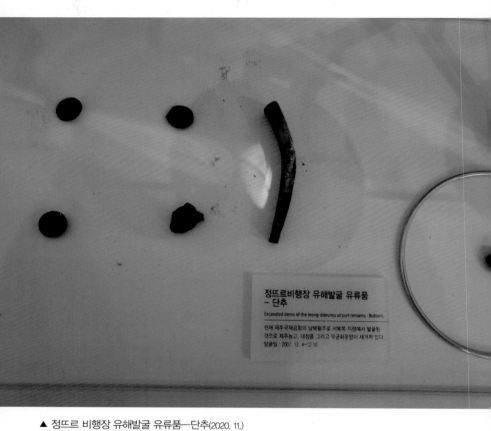

▲ 정뜨르 비행장 유해발굴 유류품—단추(2020. 11.)

초토화, 그리고 마구잡이 학살

제주4·3사건으로 인해 제주 중산간 마을이 초토화되었다. 그 배경은 이렇다. 1948년 10월 11일 제주도 경비사령부 창설과 11월 17일 계엄령 선포 등을 통해 강경 작전의 준비작업을 완료한 진압군은 소개된 중산간 마을을 모두 불태우고 남녀노소 구분 없이 총살하는 등 강경 진압 작전을 전개했다.

그런데 계엄령은 계엄사령관조차 "계엄령이 도대체 어떻게 하라는 것이냐"고 반문할 정도로 그 성격이 모호한 것이었다. 이인 법무장관은 국회 답변을 통해 계엄령은 현지 군사령관이 발동하는 것이며, 그런 까닭에 이번 행정령이 발동한 것이라든지 그 외에 사법권이라든 이러한 것은 정지되지 않는다는 엉뚱한 발언을 하기도 하였다. 이같은 혼란상은 계엄법이 제정되지 않았기 때문에 벌어진 당연한 현상이었다. 대통령령 제31호로 선포된 계엄령에는 "제주도의 반란을 급속히 진정하기 위하여 동지구를 합위지경으로 정하고 본령 공포일로

부터 계엄을 시행할 것을 선포한다. 계엄사령관은 제주도주 둔 육군 제9연대장으로 한다."는 막연한 표현 외에 어떤 규정도 없다. 계엄령이라는 이름 아래 제주에서 벌어진 사건들을 보면 그 내용조차 제대로 전달돼 지켜지지 못한 것으로 보인다.[22]

계엄법에는 80대 노인에서부터 젖먹이에 이르기까지 비무장 민간인을 무차별 총살하는 조항이 있었다. 문명국가에서 어떻게 이런 조항이 있을 수 있다는 말인가. 나는 그동안 이런 역사문제도 제주4·3사건에 대해서도 잘 몰랐던 것이 한없이 부끄러웠다.

제주4·3사건에 대해 공부하면서 여순10·19 항쟁에 대해서도 알게 되었는데 계엄령에 관한 내용은 두 지역이 똑같았다. 계엄법이 없는 상태에서 군인이 계엄령을 시행했다는 영상자료를 보고 말문이 막혔다. 세 살짜리 어린 아기부터 노인까지 무차별적으로 학살한, 전쟁 상황도 아닌데 이렇게 많은 민간인 학살을 자행하였다는 말인가. 제주도는 그야말로 '거대한 학살 터이자 감옥'이었구나, 하는 생각을 했다. 죄도 없는 민간인의 목숨을, 동족을 이렇게 벌레처럼 죽일 수가 있다는 말인가. 너무나 야만적이다.

1948년 9월 박진경 연대장 암살사건에 대한 군법회의가

---

22 『제주4·3사건진상조사보고서』, 2003, 286쪽.

한창 진행 중일 때, 한 언론은 '박진경 연대장이 무고한 양민을 다수 학살하였다'는 피고 병사의 진술과 관련, "중일전쟁 중 왜군이 비전투원인 중국 인민에게 야만적 학살을 무수히 감행한 것은 우리가 너무도 잘 아는 바로 그 영향이 금후 중일 관계에 어떤 역사를 전개케 하리라는 것을 짐작할 수 있거니와 더구나 국내사건에 있어서라"[23]라며 우려하기도 했다. 실제로 강경 진압 작전을 주도한 송요찬 제9연대장과 함병선 제2연대장은 모두 일제 지원병 준위 출신이었다.

중국에서의 학살극 경험이 있었다 할지라도, 계엄령이라는 이름 아래 중산간 마을을 모두 불태우고 재판절차도 없이 남녀노소 구분 없이 동족을 총살한 것은 일선 군 지휘관이 임의로 벌일 수 있는 일이 아니었다. 1949년 1월 21일 국무회의에서의 발언은 당시 이승만 대통령의 의지를 잘 나타내주고 있다.

시정 일반에 관한 유시의 건(대통령)=미국 측에서 한국의 중요성을 인식하고 많은 동정을 표하나 제주도, 전남 사건의 여파를 완전히 발근색원(拔根塞源)하여야 그들의 원조는 적극화할 것이며 지방 토색(討索) 반도 및 절도 등 악당을 가혹한 방법으로 탄압하여 법의

---

23 『朝鮮日報』 1948년 9월 9일. 『제주4·3사건진상조사보고서』 2003. 287쪽 재인용.

존엄을 표시할 것이 요청된다.[24]

이승만 대통령의 위와 같은 지시는 즉각 말단 검찰조직에
까지 전달돼 구체적으로 실현되었다. 아무리 국가보안법 등
을 동원하더라도 '가혹한 방법으로 탄압'할 근거는 어디에도
없었다. 설령 전시라 해도 재판도 없이 무차별적으로 민간인
을 총살할 수는 없기 때문이다. 이에 이승만 대통령은 계엄령
을 활용했다.[25]

당시 계엄법이 제정되지 않았지만 계엄령은 군·경·민 모두
에게 '군대가 무소불위의 권한을 행사하는 것'으로 여겨지고
있었기 때문이다.

1948년 11월 17일 제주도에 계엄령이 선포되었고, 중산간
마을을 초토화시킨 대대적인 강경 진압 작전이 전개되었다.
중산간 지대뿐만 아니라 소개령에 의해 해안마을로 내려간
주민들까지 무장대에 협조했다는 이유로 죽임을 당했다. 폭
도라 지목당하는 것만으로도 무고한 사람들이 희생되었다.
학살은 군경토벌대만 저지른 것은 아니었다. 무장대들은 해
안마을을 습격하여 경찰 가족과 우익 인사를 살해했다. 무고
한 주민들과 민간인들의 희생은 극에 달했다.

---

24 아쉽게도 정부기록보존소에는 1948년분 국무회의록은 남아 있지 않고, 1949년
도 것부터 소장돼 있다. 『제주4·3사건진상조사보고서』, 2003. 287쪽 재인용.
25 『제주4·3사건진상조사보고서』, 2003. 288쪽.

당시 이범석 총리 겸 국방장관은 1948년 12월 8일 국회에서 "계엄령의 시행으로 급속도로 사태의 호전을 보고 있다"[26]고 보고하기도 했다. 그러나 계엄령은 1948년 12월 31일부로 이미 해제된 터여서 1949년에는 더 이상 계엄령 상태가 아니었다.

"가혹한 방법을 동원해서라도 제주4·3사건을 완전히 진압해야 한국의 중요성을 인식하고 있는 미국의 원조가 가능하다"는 이승만 대통령의 지시는 강경 진압 작전이 미국과의 교감 속에서 벌어졌음을 암시하고 있다. 미·소 냉전이 심화되는 가운데 아시아에 공산주의자로부터의 방벽을 구축하겠다는 미국의 의지가 반영된 것이라는 지적이다.[27]

1949년 3월 "산에서 내려와 귀순하면 과거 행적을 묻지 않고 살려주겠다."라는 방침의 선무공작이 전개되어 한라산에 피신해 있던 1만 명에 이르는 사람들이 하산했다. 그러나 선무공작 방침이 제대로 지켜지지 않았고, 1600여 명이 총살당하거나 전국의 형무소로 보내졌다.

1949년 5·10 재선거가 무사히 치러지도록 진압 작전을 전개하고 돌아온 경찰대에게 이범석 총리는 환영사에서 "여러분의 공적으로 진압된 제주도의 완전 진압은 비단 대한민국

---

26   『國會速記錄』 제1회 제124호, 1948년 12월 8일. 『제주4·3사건진상조사보고서』, 2003, 288쪽.

27   『제주4·3사건진상조사보고서』, 2003, 289쪽.

에 대한 큰 충성일 뿐 아니라 동남아시아와 태평양을 공산주의 독재로부터 방어하는데 큰 공적이 있는 것"[28]이라고 말했다. 아래의 국무회의록은 이승만의 원조 요청을 고리로 한 미국의 대한정책을 보여주고 있다.

"보고 사항(대통령) 시정 일반에 관한 유시의 건=미 상원의원의 발언 중 반공조선부 대한원조안 주장에 대하여 감사 사함(謝喊)을 외무장관이 보냄이 좋겠다.
　보고사항(공보) 시사보고의 건=미국 하원 외교위(外交委)에서 1억 5,000만불 가결이나 반공(反共)조건부임[29]"

미·소 냉전이 제주4·3사건의 참혹함을 불러왔다는 것은 당시 언론의 공통된 인식이었다. 한 언론은 참화의 제주도를 소개한 후 "외국 기자들은 이 사태를 가리켜 가장 흥미롭기나 한 듯이 '마샬'과 '모로토프'의 시험장이나, 미소 각축장이니, 38선의 축쇄판이니 하고 이곳 제주도의 눈물 없이는 볼 수 없는 실정을 붓끝으로만 이리 왈 저리 왈 한 사실도 있었다"면서 "(제주도)는 극동의 반공 보루로써 새로운 시험장이 되어

28　『自由新聞』1949년 5월 19일. 『제주4·3사건진상조사보고서』 2003, 289쪽 재인용.
29　『제주4·3사건진상조사보고서』 2003, 289쪽. 『國務會議錄』 제63회, 1949년 7월 1일.

져 있는 것"이라고 지적했다.[30]

　1949년 5월 10일에야 재선거가 치러졌고, 그해 6월 무장
대는 사실상 궤멸되었다. 1950년 한국전쟁이 발발하자 예비
검속자와 전국의 형무소 재소자들이 또다시 희생되었다.

　1954년 9월 21일 한라산 금족(禁足)령이 풀렸다. 1947년
3·1절 발포 사건과 1948년 4·3 무장봉기로 촉발되었던 제주
4·3사건은 무장대와 토벌대 간의 무력 충돌과 토벌대의 진압
과정에서 2만 5천~3만 명의 양민들이 희생된 가운데 7년 7
개월 만에 끝나게 되었다. 햇수로 8여 년간에 걸친 핏빛 숨바
꼭질이었다.

　제주 4·3사건은 국가 공권력에 의한 집단희생으로 귀결되
었다. 미 군정기에 발생하여 대한민국 정부 수립 이후에 이르
기까지 8여 년에 걸쳐 지속된, 한국 현대사에서 한국전쟁 다
음으로 인명 피해가 극심했던 비극적인 사건이다.(2021)

---

30 30　『朝鮮中央日報』, 1949년 9월 1일. 『제주4·3사건진상조사보고서』, 2003. 289쪽 재
인용.

뭔 나무? 먼나무, 웬 동? 원동

아침을 먹고 서귀포 숙소 근처에 있는 천지연 폭포 쪽으로 산책하러 나갔다. 숙소에서 천지연 폭포까지는 도보로 십 분 거리에 있다. 아침 공기가 상쾌했다. 길가 가로수에 매달린 빨간 열매들이 시선을 붙잡는다. 딸아이와 나는 발걸음을 늦추었다. 앵두보다 조금 작은 열매들이 오밀조밀하게 매달려 있었다.

"엄마, 이게 무슨 나무에요?"

"먼나무래."

"먼나무, 나무 이름이 독특하네요?"

"그렇지? 먼나무에 애피소드가 있는데 어떤 여행객이 택시 기사에게 '아저씨 저 나무가 뭔 나무에요?' 하니 기사가 '먼나무요' 했대."

"뻥치지 마세요."

"그 손님은 기사가 몰라서 묻는 줄 알고 나무를 손가락으로 가리키며 '저 나무 이름이 뭔 나무에요?' 하니 '글쎄, 저 나무가 먼나무에요.' 하더래."

소공원에 도착한 우리는 먼나무와 몇 개의 조각상을 둘러보았다. 먼나무의 열매를 만져보고 싶었지만, 나무에 손대면 안 된다는 안내문을 보고 그냥 눈으로만 담았다. 서귀포에는 먼나무가 가로수처럼 많았다.

싱싱하고 푸른 잎은 간밤에 다 떨어졌는가. 가지와 열매만이 남아 있다. 가느다란 나뭇가지에 오종종한 열매들이 수없이 매달려 있는 먼나무. 제 몸무게보다 무거운 열매를 매달고 서 있다. 11월 찬바람에 앙상한 나뭇가지가 이리저리 흔들린다. 더러 나무 아래에 떨어져 짓밟힌 열매들도 있다. 어린 먼나무가 제 무게를 버텨내기 힘들었으리라.

바람이 불 때마다 기우뚱 쏠리는 먼나무를 보니 책에서 본 강 씨 할머니의 모습이 겹쳐졌다. 저 어린 먼나무, 제 한 몸 가누기도 힘들면서 올망졸망 어린 동생들을 업고 키우던, 열일곱 까망 치마가 먼나무 속에서 보였다.

나는 먼나무 옆에서 먼나무에게 말을 걸었다. 먼나무는 4·3 당시 어린 소녀 강 씨 할머니의 모습 같았다. 책에서 본 내용처럼 나도 할머니와 인터뷰하는 것을 상상했다.

"할머니, 4·3 당시 할머니가 사시던 원동에는 어떤 일들이

있었나요? 힘드시겠지만 그때 당시의 일을 좀 얘기해 주실
수 있을까요?"

"원동은 그 당시에 작은 마을이었어. 부모님까지 다 잃고
이제는 고향마을까지 없어져 버렸으니 마음이 너무 아프지."

"당시 주민 30명이 군인들에게 집단 학살당했다고 책에서
봤는데 당시 어떤 사람들이 희생되었는가요?"

"어떤 사람 할 거 없이 다 죽었지. 어른이고 애고 다 몰살당
했으니."

"그 당시에 원동리는 주막도 되고 손님들이 머물던 곳이기
도 했다면서요?"

"그래서 이름이 주막번데기라고 하기도 했지."

"이름이 독특하네요? 주막번데기라고요?"

"바로 여기가 마당도 되고 길도 되었어. 이 자리가 집터
고… 주막번데기에서 다 죽였어. 지붕 위에 올라가서 기관총
으로 쏘아 죽였지. 그때 내가 17살이었어.[31]"

"어린 나이에 그런 참혹한 광경을 보셨으니 얼마나 놀라셨
을까요? 17살이면 키가 커서 눈에 띄었겠는데 괜찮으셨어
요?"

"그때 까망 치마를 입고 있었는데 치마를 푹 뒤집어쓰고 애
기를 하나 업고 구석에 있으니까 군인이 와서 '너 여기 왜 앉

31　강춘부(여. 67세. 서울) 님의 증언을 재구성함. 『잃어버린 마을을 찾아서』 p.p
252~253(학민사, 1998).

아 있어?'라고 물어보는 거야."

"겁나셨겠네요? 그래서 뭐라고 하셨어요?"

"그래서 '중대장님이 아이들 밥해주라고 보내주었어요.' 하니까, '너 여기 가만히 있어 봐. 확인하러 갔다 온다' 하고 가버리길래 무서워서 애들을 데리고 저쪽(머흘곶) 가시밭길로 막 도망을 쳤어."

"그랬더니요? 그 후에 잡히진 않으셨어요?"

"가만히 숨어 있는데 좀 있으니까 돼지 태우는 냄새 같은 게 막 나는 거야."

"세상에, 사람들을 태웠던 건가 봐요?"

"사람을 죽여 놓고 불을 질러 버리니까 그랬던 거지. 다음 날 확인해 보니 배가 갈라져서 내장이 나온 사람, 팔 다리가…"

"군인들이 끔찍한 만행을 저질렀네요? 어린 나이에 얼마나 놀라셨을까요?"

"그때 우리 어머니는 5개월 된 애기를 구덕³²에 뉘어 놓았는데 살점이 이만큼씩 찢겨 나와 구덕속에 막 들어가 있더라고."

"어머 어떡해요? 갓난 애기까지 희생된 거네요?"

"머흘곶에 숨어서 한 나흘쯤 지냈어. 그러다가 배가 고파지

---

32 '구덕'은 '바구니'의 제주도 사투리. 대나무로 만든 사각형의 바구니.

면 아무거나 찾아 먹으려고 나왔는데 동네 사람들이 다 죽었지 뭐야. '어머니, 아버지도 다 죽고 난 어떻게 살아가느냐'고 하니 군인이 '그럼 하귀리로 내려가라' 하대. 나는 막 땅바닥에 뒹굴면서 '차라리 몰살시켜 달라, 어떻게 어린 동생들하고 살아가느냐'고 울고불고 했었지."

"그랬더니 괜찮았어요? 때리거나 겁주진 않았어요?"

"군인들이 '누가 그렇게 죽였냐, 빨갱이들이 그랬냐'고 하는 거야. '당신네들이 그랬잖아요.' 하니까. 그 군인들도 고개를 돌려버리더라고."

"그래서 군인 말대로 하귀리로 내려가셨어요?"

"마을에 가서 보니 이마가 갈라진 사람, 배창자가 나와 죽은 사람, 다리가 부러진 사람 천지야. 원부락 사람들뿐만 아니고 다른 데서 왔던 사람들도 애매하게 다 죽었지. 죽은 사람들이 60여 명은 되는 것 같아."

나는 강 씨 할머니의 말을 회상하며 먼나무 가지를 쓰다듬었다.

"엄마, 뭘 그리 생각하세요? 사진 찍어달라면서요?"

"응, 먼나무를 보니 책에서 본 강 씨 할머니가 생각이 나서, 나무와 말하고 있었어."

"엄마, 소설 쓰세요? 무슨 나무와 말을 주고받았다고 그러세요?"

"시인이잖아. 시인은 나무와도 말하지."

나는 먼나무 옆에서 포즈를 잡고 카메라 렌즈를 향해 섰다.

잠시 후에 책에서 본대로 강 씨 할머니의 얘기를 딸에게 들려주었다. 그 많은 사람 속에서 가족의 시신을 찾는다는 게 쉽지 않았을 것이다. 그런데 강 씨 할머니는 어떻게 부모님의 시신을 찾을 수 있었을까. 그 어린 열일곱의 소녀가 얼마나 무서웠을까.

"그 할머니가 그때 열일곱 살이었는데 엄마, 아버지 시체를 찾아야 하는데 찾을 수가 없었대. 사람 죽여 놓은 후에 기름 뿌려놓고 불을 질러버렸더래. 엄마는 머리까지 다 타버려 가지고 알아보지 못했는데 손을 보니 겨우 알 수 있었대."

"손이 어떠셨기에 그걸 보고 아셨을까요?"

"할머니의 엄마가 어릴 때 방망이질 하다가 찧어서 뭉툭해졌는데 그 손을 보고 알아 봤대. 시체를 뒤집어 보니까 타다가 다 안 탄 내복이 보이는데 그걸 보고 알았대."

"너무 끔찍해요. 그래서 그 할머니는 아버지의 시신은 찾으셨대요?"

"찾긴 찾았대. 아버지는 가슴하고 허벅지에 총을 맞았더래."

그 당시에 강 씨 할머니는 '너 잘해야 한다. 열일곱 살이라고 하지 말고 열두 살이나 열 살이라고 해라'하던 어머니의 말이 생각났다고 한다.

　도저히 눈을 뜨고 볼 수 없는 광경이 내 눈 앞에 펼쳐진다면 대부분 이성의 끈을 놓고 본능에 의존해서 살 수밖에 없을 것이다. 만약 할머니의 상황이 내 상황이었다면 나 역시 저렇게 대항하며 땅바닥에 나뒹굴었을 것 같다. 부모와 구덕에 있는 어린 핏덩이 동생이 죽어 가는데 이성이 남아 있을까.

　강 씨 할머니의 엄마는 다 키운 딸이 행여 큰 변이라도 당할까 봐 '열일곱 살이라고 하지 말고 열두 살이나 열 살이라고 하라'고 했으리라. 가슴이 먹먹했다. 시대를 잘못 타고 나서 고통받으며 살다 간 엄마와 딸들이 얼마나 많았을까.

　이날 집단학살로 30여 명의 주민이 그 자리에서 숨지고, 여러 명이 중상을 입었다. 또한, 대정에서 제주읍내 병원으로 입원하러 가던 사람, 제주읍으로 가다가 원동에서 쉬고 있던 사람, 이웃 마을에서 소꼴을 먹이러 올라왔다 잡혀 온 사람 해서 최소한 60여 명이 학살되고, 마을은 폐허가 됐다. 집단학살에서 살아남은 사람은 할머니, 할아버지들이거나 대를 잇기 위해서 살려주었다고 하는 열 살 안팎의 어린아이들, 모두 합해서 30여 명 정도였다. 이들은 학살이 있은 사흘 후, 군인들이 다시 와서 소개하라는 재촉을 받자 곽지, 고내, 하귀

등지로 내려가서 지금껏 발붙여 살고 있다.[33]

그 후 그들이 살았던 고향 땅은 20여 년 동안 관리를 하지 않았다는 이유로 이미 특별조치법에 의해 엉뚱한 사람들이 등기이전하여 빼앗아 갔거나 육지 사람들에게 팔아버린 것이었다. 그들은 소송을 통해 빼앗긴 땅을 찾기 위한 여러 방면으로 몸부림쳐보았건만 모두가 헛고생이었다. 4·3으로 인해 사람만 희생된 게 아니라, 땅도 빼앗겨버린 슬픔이 오롯이 묻어나는 비극의 현대사이다.

오종종하게 붙어 있는 먼나무 열매처럼 많은 사람이 숨바꼭질하듯 여기저기로 숨었으나 결국은 희생되고 마을은 불에 타서 없어지고 말았다.(2021)

---

33 『잃어버린 마을을 찾아서』 p.p 253~254(학민사, 1998).

▲ 제주 서귀포의 먼나무(2020.11)

동광리 큰넓궤와 헛묘

　제주도에 여행을 여러 번 다녀 왔지만, 그동안 동백꽃은 한 번도 보지 못했다. 유채꽃 피는 봄에 다녀온 여행이어서 그랬다. 이번에는 마음먹고 동백꽃 군락지도 가 볼 참이었다. 동백꽃은 제주 4·3사건의 상징이기도 해서 더 가 보고 싶은 것이다.

　아름다운 제주에는 역사의 상흔이 많다. 너무 아름다워서 아픈 섬이라는 것이 가려져 있는 것일까. 상처와 고통과 핍박으로 얼룩진 섬, 제주도.

　지금의 서귀포시(4.3당시는 남제주군) 안덕면 동광리 큰넓궤를 처음 알게 된 것은 영화 〈지슬〉을 통해서였다. 실제 사건을 영화로 만든 것인데 너무 끔찍해서 한동안 가슴이 답답하고 우울했다. 그 후에 4·3사건 관련 책들을 보면서 큰넓궤는 주민들이 피신했던 동굴이라는 것에 대해 더 자세히 알게 되었다. '궤'는 '동굴'이라는 제주어라는 것도 알게 되었다.

나는 모처럼 휴가 중인 딸아이와 제주 4·3유적지 답사를 하고 있다. 휴대폰에서 지도를 보며 동광리 큰넓궤를 찾고 있다. 큰넓궤와 헛묘, 정방폭포에 가 볼 참이다. 큰넓궤는 출입구를 통제했다고 해서 헛묘와 동광리 무등이왓, 정방폭포를 가기로 했다.

"엄마, 영화 〈지슬〉에서 보면 동광리 사람들이 큰넓궤 속으로 피해서 생활했잖아요? 언제 무엇 때문에 일어난 일이에요?"

"1948년 11월 15일 토벌대가 안덕면 동광리에 들이닥쳤대. 동네 사람 열 명 정도 총살하고 집들을 불태우고 떠났대. 마을 사람들은 인근에 있는 큰넓궤에 숨어 살았대."

"그 많은 사람들이 어떻게 굴속에서 생활했을까요? 하루 이틀도 아니고."

"어린아이, 노인들까지 모두 120명 쯤 되는데 40일에서 60일 정도 살았대. 큰넓궤는 입구가 사람 하나 겨우 들어갈 정도로 좁은데 5미터쯤 들어가면 넓대. 180m쯤 된다고 해. 청년들은 야산이나 근처 작은 굴에 숨어서 토벌대가 오는지 망을 보고, 물, 지슬(감자) 이런 것을 갖다 날랐대. 천장에서 떨어지는 물을 받아먹고, 짐승만도 못한 생활이었대. 밤낮없이 깜깜하니 밤하늘에 별 좀 보고 싶은 게 소원이었다고 해."

"추운데 잠은 어떻게 자고 굴속에서 밥은 또 어떻게 해 먹었대요?"

"애들과 노인들은 평평한 데 재우고 요강도 갖다 놓고 그렇게 살았다고 해. 굴속에서 밥을 하면 연기가 새나가 토벌대에게 들킬까 봐 '도엣궤'라는 작은 굴에서 밥을 지어 날랐대. 밖에 눈이 내려서 다닐 때는 돌이나 마른 고사리를 꺾어 밟고 다녔대. 발자국이 남지 않게. 그런데 어느 날 들켰다는 거지."

"그래서요? 굴속이라 다른 곳으로 도망갈 수도 없었겠네요?"

"어린애와 노인들은 굴 안으로 대피하고 사람들이 이불과 고춧가루를 쌓아 불을 붙여서 연기를 밖으로 내보냈대. 연기 때문에 토벌대들이 못 들어가고 총을 쏴댔대."

4·3 당시 동광리에는 무등이왓(130여 가구), 조수궤(10여 가구), 사장밧(3가구), 간장리(10여 가구), 삼밧구석(마전동 45가구) 등 200여 가구가 살고 있었다. 이 마을에서 4·3으로 인한 희생자는 160여 명에 이른다.[34]

"무등이왓이 다섯 개 마을 중에서 가장 컸대. 밤이 되니 토벌대들이 굴 입구에 돌을 쌓아놓고 철수했대. 그래서 근처에 숨어 있던 청년들이 굴 입구에 쌓아놓은 돌을 치우고 굴 밖으

---

34 뉴제주일보 2018. 4. 16일자 기사 인용(현봉철 기자).

로 나와서 사람들은 더 깊은 산으로 도망쳤다는 거지."

"무등이왓에서도 희생자가 많이 나왔겠네요?"

"엄청났대. 토벌대가 동네에 와서 불을 지르고 사람들을 마구 죽였으니까. 어떤 할머니는 돼지우리에 숨어 있다가 겨우 살아났다고 해. 큰넓궤를 빠져 나온 주민들은 돌오름, 영실, 볼레오름 등 한라산 부근까지 쫓기고 쫓겨났지. 토벌대들은 눈 덮인 이 곳 일대를 누비며 주민들의 발자국을 쫓아서 토끼 사냥 하듯이 보이는 대로 다 잡아갔대. 그러고는 정방폭포와 그 일대에서 총살시켰다고 해. 폭포 밑으로 떨어뜨린 시신은 수습할 길이 없었대. 파도에 휩쓸려 떠내려가니까. 그래서 마을 한편엔 '헛묘'를 만들어둔 거라고 해."

"네, 헛묘라면 시신이 없는 묘라는 말인가요?"

"응. 시신 없이 봉분만 쌓은 무덤인 셈이지. 시신은 못 찾지만 혼이라도 달래주려고 헛묘를 만들어둔 거라고 해. 살아생전에 입던 옷이나 물건을 넣어 봉분을 만드는 거라고 해."

"그래서 여기 안덕면 동광리에 '헛묘'라는 표석과 무덤이 있는 건가 봐요?"

"응, 그런가 봐."

그때 당시 영실 '볼레오름'까지 피신 갔다가 잡혀 온 마을 사람들은 서귀포 단추 공장에 많이 갇혔다. 어떤 사람은 농회 창고에도 갇혔다. 농회창고는 군부대에서 유치장으로 사용하던 곳인데 한번 들어가면 대부분 즉결 처형자로 분류가 돼서 거의 죽었다. 동광리 큰넓궤에서 도망친 그 많은 사람들이 정방폭포에서 희생되었다는데 그곳이 어디쯤일까. 나는 궁금해졌다. 폭포에서 어떻게 희생되었을까.

나만큼이나 딸도 궁금증이 생기는지

"마을 사람들은 정방폭포의 어디에서 어떻게 희생되었을까요?"

하고 묻는 것이다.

"정방폭포 위에 가면 '소남머리'라는 동산이 있대. 소나무가 많다고 붙여진 이름인데 거기에서 총살을 시켰대. 총알을 아끼려고 줄을 세워 놓고 쐈대. 한꺼번에 바다로 떨어지라고. 정방폭포는 바다와 바로 이어지잖아. 거기서 총살을 당했으니 바다로 떠내려간 거지. 그러니 시신을 어떻게 찾아?"

"정방폭포에 이런 아픈 사연이 있는 줄 몰랐어요. 그럼 그때 당시 몇 분 정도가 희생되었는가요?"

"4·3사건 책에서 보니 235명이나 죽었대. 어떤 할머니는 남편의 시신을 찾다가 한여름에 여러 시신을 만지다가 손독이 눈에 묻어 평생을 눈먼 채로 살았대. 젊었을 때 남편을 잃고 평생을 눈먼 채로 살았다고 해."

"그 할머니, 할아버지 시신도 못 찾고 평생을 못 보면서 사셨으니 얼마나 힘드셨을까요."

▲ 정방폭포(2020. 11.)

　많은 여행객들이 정방폭포의 아름다움만 보고 이런 4·3의
비극이 있다는 것을 모르는 것 같아 안타까웠다. 나도 이번에
이 사실을 알게 되었다.

　"당시 당국에서는 희생자들이 죽은 지 몇 개월이 지난 후에야 시
신을 찾아가도록 했습니다. 그러자 송군옥 씨의 아내는 정방폭포
부근으로 시신을 찾아 헤매었다. 그러나 여름철이라 시신은 문드
러진 데다 그 많은 시신 중에 가족을 찾기 어려웠다. 울고불고하면
서 열이 팡팡 나는 많은 시신을 만졌던 손을 눈에 갖다 대는 바람

에 독이 올라 눈이 멀은 겁니다. 그 후 눈먼 40여 년의 생을 살았지요. 어린 손녀의 손을 잡고 겨우 움직이던 모습이 눈에 선합니다."[35]

정방폭포는 그날의 일을 아는지 모르는지, 하얀 소복 같은 물줄기를 퍼붓고 있다. 어쩌면 그도 긴 세월 동안 울음을 쏟아내며 서 있었을 것이다.

동광리 임문숙 씨 식구들이 많이 끌려가게 되었는데 정방폭포에서 학살되고 물길 따라 바다로 가게 되었다. 그래서 시신을 찾지 못하게 되었다. 정방폭포의 그 아름다운 절경 뒤에

---

35 김종민 씨의 『4·3은 말한다』 411회 일부 인용.

▲ 동광리 임문숙 일가 헛묘(2020. 11.)

는 이런 쓰라린 4·3의 상처가 숨어 있었다.

유족들은 시신이 겹겹이 쌓여 썩어있거나 바다로 떠내려가 찾을 수가 없어서 희생자 9명을 혼백만 모셔 원혼을 위로한 곳이 임문숙 일가 헛묘이다. 봉분은 7기이며 2명은 합묘로 해서 모셨다.

동광리 큰넓궤와 정방폭포의 사건을 알고 나니 바윗덩이가 내 가슴을 짓누르는 듯했다. 제주도민들은 평생 바윗덩이 하나씩 안고 살았을 것이다. 누구에게도 4·3에 대해 말하지 못한 채 동굴 속의 바위처럼 살았으리라. 피해가 컸던 만큼 4·3이 남긴 유적이 많은 동광리. 그날의 상흔들이 인권과 평화에 대해 다시 한 번 생각하게 한다.(2021)

도틀굴과 목시물굴

제주시 조천읍 선흘리, 중산간에 자리한 깊은 숲속. 몇 달 전, 텔레비전에서 본 곳인 4·3사건의 현장 속으로 가고 있다. 동백동산에 도틀굴(반못굴)과 목시물굴이 있다. 동백꽃 또한 많이 피었겠지 생각하면서 택시에서 내렸다.

동백동산습지센터로 가서 동백동산에 대한 안내를 받는데 마침 그곳에 해설사가 4·3사건의 유가족이다. 여덟 살 때 도틀굴에 피신해 있었다는 해설사의 어머니 이야기를 듣고 나는 딸과 함께 동백동산에 올랐다. 도틀굴이 먼저 발견되고 목시물굴이 후에 발각이 되었다고 하니 아마 가깝게 있으리라. 산길에 오르다 보니 이곳에 못도 있다는 것을 알게 되었다.

텔레비전에서는 취재 당시 목시물굴 동굴바닥에서 탄피가 발견되었다고 했다. 평평하고 널찍한 동굴 안, 밖에서 보이는 것과는 사뭇 다른 모습이다. 동굴에선 무슨 일이 있었던 걸까. 사람이 살았던 흔적이 곳곳에 남아 있다. 71년 전, 선흘리 주민들은 굴속에 숨어야 했다. 150명 정도, 혹은 더 많다고 하는 사람도 있다. 이 굴과 움막에서 생활했던 것 같다. 어린이 신발이 나왔다기에 그 아이가 살아있기를 소망했다.

해설사의 어머니는 당시에 여덟 살이었다. 이제는 백발노인이 되었다. 그해 겨울에는 눈이 내렸다. 해설사의 안내를 받으며 현장을 찾아갔다.

이 동굴도 주민이 몸을 숨겼던 피신처이다. 당시 한 식구들이 뭉쳐있으면 다 죽을지도 모르니까 여긴 젊은 사람들이 있고 저긴 조금 나이 드신 분들과 어린 아기들이 있었다고 한다. 중산간 마을에 살던 사람들은 가까운 굴에서 그해 겨울을 보냈다. 하나뿐인 목숨을 부지하기 위해서였다. 하지만 선흘리 주민들이 은신했던 굴은 사흘 만에 토벌대에게 발각되었다. 11월 25일에 '반못굴(도틀굴)'이 처음으로 발각됐다.

오늘이 2020년 11월 21일, 공교롭게도 4·3사건 당시 선흘리에 토벌대에 의한 소개명령이 내려져 6개 마을이 불에 탄 그날이다. 선흘리에 돗바령(10여 호), 백화동(백해동 15여 호), 봉냉이동산(10여 호), 새동네(장상동/ 장생동 10여 호), 실물가름(30여 호), 큰굴왓(큰동네 20여 호)이 불에 타 초토화되자 마을 사람들은 도틀굴과 목시물굴을 찾아 피신했다.

지금 나는 도틀굴 앞에 서 있다. 굴 입구에는 안내판과 함께 얼금얼금한 쇠창살에 자물통이 채워져 있다. 쇠창살의 길이는 가로 2미터, 세로 1미터 남짓해 보인다. 사람 하나 겨우 들어 갈 것처럼 보이는 입구. 이렇게 좁은 곳에 어떻게 들어갔을까. 살기 위해 어떻게든 몸을 좁혔으리라. 그때도 오늘처럼 찬바람과 공포에 사람들은 많이 떨었으리라.

군인들은 48년 11월 25일, 이곳에서 15명가량을 즉결 총살하고 나머지 몇몇 사람들을 군주둔지인 함덕 국민학교로 끌고 갔다. 다음날 군인들은 전날 도틀굴에서 잡은 사람을 다그쳐 가장 많은 주민들이 은신해 있던 목시물굴을 찾아냈다. 군인들은 아기 업은 여자와 노인 등 노약자는 함덕 국민학교로 끌고 가고 나머지 주민들은 총살 후 휘발유를 뿌려 시신을 태웠다. 김형조 씨는 목시물굴과 밴뱅디굴에 있었으면서 구사일생했다. 그의 증언을 따라가 본다.

"우리가 반못굴에 가서 희생된 사람들의 시신을 수습합시다."

김형조와 마을 사람 네 명이 반못굴로 향했다. 그때 갑자기 박격포 소리가 들렸다.

"안 되겠어요. 빨리 목시물굴로 숨어요."

"곧 이 굴도 드러나겠어요. 다른 곳으로 가요."

마을 사람들은 웃밤오름(웃바메기오름) 부근까지 올라가 밴뱅디굴에 숨었다.

다음날인 11월 27일, 밴뱅디굴도 발각되었다.

"죽을 때 죽더라도 맞서 싸우자. 어서 방호벽을 쌓읍시다."

방호벽을 쌓고 있는데 옆에 있던 사람이 김형조에게 말했다.

"굴 안으로 찬바람이 들어와요. 이곳을 파 봅시다."

그곳을 팠더니 굴 밖으로 구멍이 뚫렸다. 그들은 밖으로 나왔다.

군인들이 기관총을 쏘아댔다.

"따다다다 따다다다"

마을 사람들은 정신없이 뛰었다. 결국 5명은 탈출에 성공했지만 나머지는 모두 희생됐다.

김형조가 숨어 있었던 목시물굴로 갔다. 차마 눈뜨고는 보지 못할 광경이 펼쳐져 있었다. 휘발유에 탄 시신들은 서로 뒤엉켜 있었다. 얼굴이 심하게 탄 두 명을 제외하고는 모두 식별할 수 있었다. 그는 까마귀들이 달려드는 것을 막기 위해 시신을 가매장했다. 가매장이라고 해봐야 다급한 나머지 잡초 등으로 대충 덮는 정도였다. 그리곤 나무를 반으로 쪼개 그곳에 이름을 써서 시신 옆에 세웠다. 그리고 희생자 명단을 적은 노트를 두 권 만들어 하나는 그가 갖고 하나는 항아리에 담아 땅속에 묻었다.[36]

죽음은 기습적이었고 참혹했다. 검게 그을려 알아보기 힘든

---

36 金亨祚 (80세, 조천읍 선흘리, 2001. 9. 25 채록) 증언 요약. 제주 4·3 사건진상조사보고서 참조.

76   오름마다 붉은 동백

얼굴들, 목시물굴에서 발각된 선흘리 주민 40여 명은 굴 입구 공터에서 총살되어 불에 태워졌다.

기막힌 사연도 있다. 목시물굴에서 갓난아기가 울었다. 그것을 보고 누군가 다른 사람들까지 다 잡힌다고 말했다. 아기 엄마는 아기 입을 젖가슴으로 틀어막아 죽은 아기를 안고 밖으로 나갔다. 싸늘하게 식어간 어린 생명, 어미는 총부리 앞에서 자식을 가슴에 묻어야 했다. 젖 한 번 빨리지 못한 채.

도틀굴은 쉽게 찾았는데 목시물굴은 찾기 힘들었다. 도틀굴에서 가까운 곳에 있다는데 이정표에 안 보이고 겨울이라 해가 일찍 저물어서 그냥 내려왔다. 전화로 제주4·3연구소 직원에게 물으니 그곳에도 입구를 철제로 잠가놓았다고 했다. 동굴 안에 있던 유품은 다 꺼낸 것으로 안다고 했다. 다음에 목시물굴을 찾으리라 생각하며 동산을 내려왔다. 동백이 많아서 동백동산인 줄 알았는데 동백꽃은 볼 수 없었다. 동백을 보려면 동백포레스트나 동백군락지로 가야 한다. 도틀굴 입구 돌에는 이끼가 파랗게 자라고 있었다. 저 동굴과 돌과 숲은 그날의 일을 알고 있겠지. 파랗게 질린 그 날의 일을.(2021)

▲ 도틀굴(반못굴)(2020. 11.)

비학 동산의 어린 학(鶴)

학이 날아오르는 형상을 닮은 마을인가. 개수동은 비학(飛鶴)동산이라 불린다. 아름다운 이 마을에도 4·3사건의 아픈 흔적이 있다. 어떤 사연이 있을까.

1948년 11월 17일부터 12월 31일까지 계엄령 선포로 강경 진압이 시작되었다. 애월면 하귀리에서 청년들을 찾아볼 수 없었다. 1948년 5월 경찰에 의한 총살이 잇따르자 저마다 은신처로 숨어들었다.

나는 화집 속의 한 장면을 응시하고 있다. 마을 어귀에 잎이 다 떨어진 팽나무가 찬바람에 흔들리고 있다. 팽나무 주변으로 마을 사람들이 둘러앉아 있다. 두 손을 뒤로 묶인 채 꿇어앉아 있는 사람, 구부정한 어깨로 팽나무를 등지고 있는 노인들, 어린아이들부터 아녀자, 노인들까지 나와서 죄인처럼 고개를 숙이고 있다. 한 사내가 사람들 앞에서 손가락질하고 있다. 검은 제복에 검은 모자를 쓴 사내가 허리에 손을 찌른 채 무슨 지시를 하는 듯하다. 국방색 모자를 쓴 사내가 대검으로 고개 숙인 사람을 겨냥하고 있다. 그 옆에 한 사내가 대검을 하늘로 향한 채 서 있다.

한 여인이 오랏줄에 묶여 팽나무에 매달려 있다. 늙수그레한 노인들이 뒤돌아서 있다. 왼쪽에 검은 제복을 입은 사내 세 명이 대검을 차고 마을 사람들 앞에 서 있다. 하늘은 잿빛으로 뿌옇고 바닥엔 눈이 내렸는지 드문드문 하얗게 보인다.

나는 비학 동산에서의 그날을 그린 강요배 화가의 그림 〈부모들〉을 보고 있다. 그림을 보고 있자니 한동안 먹먹하고 아파서 무기력증까지 왔다. 글을 쓰고 싶은데 쓸 수가 없었다. 고통과 상처가 너무 크면 말문이 막힌다는 말처럼 꼭 그런 상태였다.

비학동산에 관한 글을 읽는 것만으로도 고통스러웠다. 하지만 이 사건은 꼭 쓰고 싶고, 기록해야겠기에 고통스럽지만 견디며 쓰는 것이다. 아픔과 고통의 장면이 많은 글을 읽을 때마다 시가 나왔다. 내가 그 아픔 속으로 들어가니까 시가 자꾸 쓰였다.

그림의 내용은 임산부를 발가벗겨 팽나무에 매달아 토벌대의 대검과 창에 학살당했다는 것이었는데 너무 끔찍했다. 토벌대가 가택 수색하며 도피자를 찾았는데 사람을 못 찾으니 식구들을 대신 죽였다. 스물다섯 살 된 임산부를 팽나무에 매달아 마을 사람들이 보는 데서 "잘 구경해라." 하며 총에 꽂힌 대검으로 찔러 죽였다.

1948년 12월 5일 외도 지서는 북제주군 애월면 하귀리 주민들에게 동원령을 내렸다. 월동용 장작을 마련해야 한다며 톱과 도끼를 갖고 지서에 모이라고 했다. 주로 노인과 부녀자들이 갔으나 주목받을 게 없었던 청년들도 갔다. 동원령은 함정이었다. 청년들은 차에 실려 간 후 다시는 돌아오지 못했다.

당시 외도 지서는 제주읍에 있었지만 애월면 하귀리까지 관할하고 있었다. 외도 지서는 '자수공작'을 펼쳤다. 하귀2리 개수동에는 이 마을 청년 10명의 이름을 통보하며 자수를 권고했다. 지목된 10명 중 한 명인 김호중 씨가 앞으로 나서며 "내가 먼저 지서로 가 보겠다. 내가 무사하면 경찰의 약속이 증명되는 것이니 뒤이어 자수하라." 하며 혼자 외도 지서로 갔다. 그러나 김호중 씨는 12월 7일 총살당했다.

김호중 씨가 총살되자 지목된 나머지 9명의 청년들은 산으로 도주했다. 마을은 발칵 뒤집혔다. 12월 10일 이른 아침, 외도 지서 경찰과 대동청년 단원들이 개수동에 들이닥쳤다. 주민들은 전날 밤 경찰이 온다는 것을 알았지만 피신할 곳이 없었다. 죽음을 각오한 채 경찰을 기다리고 있었다. 경찰은 도피자 가족이 살고 있는 집부터 수색하여 10여 채의 집에 불을 질렀다. 이어 주민들을 비학 동산으로 모이게 했다. 마을 주민 14명과 장전리와 광령리에서 개수동으로 피난 온 사람들도 총살당했다.

총살극 때 유일한 생존자는 당시 13세이던 안인행(83) 씨이다. 그는 극적으로 살아났다. 그의 부친 안태룡(安太龍)은 이미 5일 전에 벌어진 '외도 지서 장작 사건'의 희생자였다. 당시에 마을에 남은 사람은 노인들과 아이들 부녀자들뿐이었다.

나는 비학 동산의 그날에 관해 시를 썼는데 이미지 전개해 나가는 게 힘들었다. 논픽션을 쓰면서 시를 쓰다 보니 비유와 상징보다 직설적인 표현이 자주 들어갔다. 마지막 장면에서 학이 아름답게 춤추며 마을을 떠난다고 썼다가 지우기를 반복했다. 퇴고한 시를 아들에게 읽어 주며 비평해 보라고 했다.

"엄마 같으면 스물다섯 살 어린 새색시가 그렇게 비참하게 죽었는데 학이 되어 아름답게 그 마을을 떠날 수가 있겠어요? 원혼이 떠날 수가 없겠구만."

"그렇지? 학이 아름답다고 이 장면에서는 아름답게 처리하면 안 될 것 같아."

나는 그렇게 수십 번을 퇴고하면서 시를 다듬었다. 어떻게 하면 그 원혼을 달래주며 시적인 이미지를 넣으며 스토리까지 살릴 수 있을까. 고민하다가 결국 밤을 새웠다.

　스물다섯의 새댁이라면 얼마나 이쁜 나이인가. 그런 새댁이 죄도 없이 토벌대에 의해 알몸으로 팽나무에 묶여 대검과 철창에 찔려 죽어갔다니, 너무 끔찍해서 글을 쓰다가 몇 번이나 덮곤 했다. 미학적으로 쓰고 싶은데 잘되지 않았다. 그럴 땐 논픽션을 쓰기도 하고 마음이 정제되어 있을 때는 시를 써 나갔다.

【이야기 둘】

　비학 동산의 그날 사건 이후 다른 몇 가지 사건에 주목하며 책을 읽게 되었다. 그러고는 시 합평작에 피드백을 준 아들에게 비학 동산에 관한 다른 사건을 들려주었다. 안인행 씨가 텔레비전 영상에서 말하던 내용과 자료집에서 본 것을 말해주었다.

　"안인행이라는 할아버지가 그 당시에 열세 살이었대. 그 집 식구들도 소개민(疏開民)이었는데 '폭도가족' 색출할 때, 그 사람 아버지도 '외도지서 장작 사건' 때 잡혀갔다는 이유로 끌려갔대."

　"소개민도 장작 동원 대상이었나 봐요?"

　"소개민은 다른 지역에서 온 사람이라 애초에 장작 동원 대상이 아니었대."

"끌려가신 그 할아버지의 아버지는 어떻게 되셨대요? 풀려났대요?"

"그 안인행 씨의 아버지는 주인 노인이 집도 밭도 빌려줘서 고마운데, 그 노인이 톱이며 도끼를 들고 외도 지서에 땔감 동원령에 불려가려고 하니, 그 주인에게 고맙다는 인사를 하려고 대신 나갔다가 돌아가셨대."

"아버지가 지서로 끌려가서 돌아가시고, 남은 가족이 또 끌려가게 된 거네요?"

"그런 거지. 안인행 씨의 엄마하고 열 살, 일곱 살, 네 살 된 동생이 다 끌려갔대."

"그때 그 엄마가 죽음을 직감하고 경찰들에게 어린 것들은 제발 좀 살려달라고 울면서 애원해서 열 살 난 동생은 겨우 풀려났대. 안인행 씨한테는 폭도들한테 연락할 만한 놈이라며 "칼로 찔러 죽이자, 시간이 없으니 총으로 쏘자." 하며 자기들끼리 실랑이를 하더래."

"그래서요? 그 할아버지는 어떻게 살아났대요? 유일한 생존자라면서요?"

"그 할아버지 엄마가 총에 맞아 피투성이로 쓰러지면서 아들을 덮쳤단다. 아들이 엄마 밑에 깔려 있어서 다행히 살아났다고 해."

"정말 너무 끔찍하네요."

당시 13세인 안인행 씨는 닷새 사이에 부모를 잃었다. 어린 애들만 살아남았는데 일곱 살 된 안인행 씨의 동생은 홍역으로, 젖먹이는 젖을 못 먹어 곧 죽었다고 한다. 영화보다 더 영화 같은 일이 그때 있었다는 것이다. 안인행 씨는 지금도 그때의 장면이 생생하여 만일 영화나 연극으로 재연한다면 똑같이 할 수도 있을 정도라고 한다. 그에게는 평생 지울 수 없는 트라우마일 것이다.

외도 지서의 경찰관 대다수는 서북청년회 출신이었다. 이승만 정권과 미군정하의 진압 작전에 참여한 서청은 무소불위의 권력을 휘둘렀다. 1960년 4·19혁명 이후 국회 차원에서 벌인 양민 학살사건 진상 조사 때 제주도에서 '고발 1호'를 당한 이들이 외도지서 경찰관들이었다. 당시 《제주신보》는 "아무리 계엄령이라도 일가족 10명, 그것도 67세의 노인과 생후 10일의 영아까지 한 곳에서 총탄으로도 아닌, 죽창과 칼로 사람을 찔러 죽이는 법이 어디 있으며 또 명분이 없을뿐더러 그런 법이 어느 곳에서 통용될 것인가"라며 이들의 만행을 보도했다.

4·3 당시 하귀리는 320명이 학살당하면서 '하귀리 출신'이란 자체가 연좌제의 굴레가 됐다. 마을 명을 동귀리와 귀일리

로 바꾼 이유다. 개수동도 '빨갱이 마을'이라는 굴레가 씌었다. 주소를 개수동이라고 적으면 공무원이 될 수 없었고, 개수동 출신은 군인과 경찰이 되고 싶어도 이력서조차 낼 수 없었다. 그래서 마을 이름을 '학원동(鶴園洞)'으로 바꾸게 됐다.[37]

주민들은 팽나무에 얽힌 임산부의 아픈 기억을 지우고 싶었다. 외지에서 오는 이들마다 팽나무에 대해 물을 때면 그날의 공포가 되살아났다. 1992년 팽나무를 잘라낸 그 자리에 마을회관을 지었다.

비학 동산에는 4·3사건 이전의 평온했던 날처럼 학이 다시 날아오를까. 저녁노을이 핏빛으로 타고 있다.(2020)

---

37 제주일보 2018. 7. 29일자.

▲ 그림: 김우종. 2022.

무등이왓 대숲에서 우는 소리

무등을 탄 어린아이가 춤추는 모습의 지형이어서 '무동(舞童)이왓'이라고도 하고, 등급이 없이 평등하다는 뜻의 '무등(無等)이왓'이라고도 한다는 마을, 안덕면 동광리 무등이왓은 이름부터 정겨웠다. '동광 육거리' 도로 표지판이 보이자 그곳에서 내려 헛묘부터 가 볼까 하다가 그대로 무등이왓까지 갔다. 택시는 마을 입구에 섰다.

택시에서 내리자 갑자기 비바람이 몰아친다. 찬바람에 어깨와 턱이 덜덜 떨린다. 가방에서 우산을 꺼내 딸에게 주고 나는 비옷을 입는다. 딸의 우산이 바람에 자꾸만 뒤집힌다. 우리는 마치 행군하는 사람들 같다.

마을 입구라고 내렸는데 입구 이정표가 안 보이고 길가에 무덤이 보인다. 무덤 주위는 돌로 쌓은 네모난 울타리가 있다. 이곳이 헛묘인가 생각하며 그 옆에 집터를 둘러보는데 이상하다, 무덤이 하나만 보인다. 헛묘는 봉분이 7기라고 인터넷에서 봤는데, 고개를 갸우뚱해하며 좁은 마을길로 들어섰다.

골목길 좌우에는 대나무가 울창하다. 집터가 있었던 곳에는 대나무가 병풍처럼 둘러쳐져 있다. 백 미터쯤이나 갔을까. 길 왼쪽에 무덤이 여럿 보인다. 예닐곱 기는 되어 보였다. 봉분 앞에는 비석도 세워져 있었다. 나는 그곳이 헛묘라고 생각하고 사진을 찍었다. 딸아이가 왜 남의 무덤 앞에서 사진을 찍느냐며 나무랐다. 비석이 세워진 것을 보면 헛묘가 아니라 주인이 있는 묘 같은데 사진을 찍는 건 실례라며 나를 나무랐다. 나는 봉분이 7기이고 헛묘가 마을 입구에 있다는 자료를 봤다고 말했다. 집터에 무덤이 있으니 그건 4·3사건 이후에 헛묘가 들어섰을 거라고 생각했다.

딸이 몇 번이나 사진을 지우라고 했다. 인터넷에서 헛묘 주변에 안내판이 있다고 본 것이 뒤늦게 생각났다. 그곳에는 안내판이 보이지 않았다. 남의 무덤을 함부로 사진 찍으면 영혼이 따라온다는 무속신앙이 있지 않느냐며 딸이 말했다. 그제서야 나는 딸이 무덤을 무서워하고 있다는 것을 알았다.

나도 딸처럼 아가씨였을 때에는 무덤을 보면 무서워했다. 아니 어른이 되어서도 야산에서 무덤을 볼 때는 무서워서 얼른 그곳을 벗어났다. 그런데 4·3사건에 관한 책을 읽고 글을 쓰면서부터 무덤과 유해 사진을 많이 봐서인지 글을 써야 한다는 책임감에서인지 무덤 앞에 와도 무섭다는 생각은 그다지 들지 않았다. 나는 묘지 앞에서 찍은 사진을 모두 휴대폰에서 지웠다.

우리는 다시 마을길을 걸었다. 비바람 부는 한적한 마을에 둘이서만 걷고 있었다. 비바람이 세차게 불어서인지 온몸이 으슬으슬하고 오싹하다. 대숲에서 저희들끼리 서걱서걱 몸 부비는 대나무 소리가 마치 당시 희생자들의 원혼들이 우는 소리 같이 들렸다. 찬바람이 얼굴과 귓불을 스칠 때마다 대숲에서 나는 소리가 더 크게 들려왔다. 마치 그때의 일들을 내게 기억해 달라고 울부짖는 것처럼 들려왔다. 나는 대숲으로 눈길을 주며 잠시 발길을 멈추었다. 대숲 쪽으로 귀를 기울였다. 대나무들은 내 새끼손가락 굵기 정도로 가늘었다. 여리고 가는 몸으로 함께 우는 저 소리, 젖먹이 아기들부터 노인들까지 우는 소리 같았다. 빈 집터를 지키며 억울했던 그 날을 잊지 말아달라고 바람의 소리로 말하고 있었다.

집터마다 풀이 잔디처럼 새파랗게 자랐다. 간간이 커다란 갓이 잡초와 뒤엉켜 쑥대밭처럼 변해가는 집터도 있었다. 구멍 난 돌들은 바람을 막으며 돌담으로 서 있다. 마을은 꽤 컸다. 평평하고 너른 마을이 왠지 시골 고향 같다. 이웃끼리 오순도순 살아가던 이 마을에 광풍이 불어 한 채의 집도 남김없이 다 태웠으니 어찌 원혼들이 이곳을 떠날 수 있겠는가.

공동묘지를 몇 발자국 벗어나자 바로 그 옆에 잠복 학살 터 안내판이 보였다. 안내판에는 이렇게 적혀 있었다. '1948년 12월 12일 토벌대는 자신들이 전날 학살한 양민들의 시신을 일가에서 수습할 것으로 예상하고 전술훈련을 하듯 잠복해 있었다. 토벌대는 김두백 등 일가족 10여 명을 한곳으로 몰이하여 짚더미나 멍석 등을 쌓아 그대로 불을 지르는 만행을 자행했다. 울부짖는 고통 속에 화염에 휩싸여 죽어간 이들은 대다수 여성, 노인, 아이였다.'

어떻게 그런 끔찍한 일을 자행했을까. 산사람을 멍석말이해서 불에 태워죽이다니. 잠복 학살터의 안내판을 보고서야 조금 전에 본 것이 헛묘가 아닌, 가족 공동묘지라는 것을 알게 되었다. 답사 오기 전에 읽었던『잃어버린 마을을 찾아서』에서 본 글 내용이 떠올랐다.

이 가족 공동묘지는 48년 11월 11일(음)에 학살된 김군필의 집터였는데 양씨의 가족 공동묘지가 된 것이다. 당시 양씨들도 잠복 학살에 모두 희생되었는데, 마지막으로 돼지우리에 숨어 있던 박경생이 생존해 있었다.

박경생 할머니는 그 후에 고래(맷돌)를 갈 때마다 노래를 부르면서 눈물을 질질 흘렸다고 한다. "나는 돈(돼지)집에서 살았수다. 살려줍서 살려줍서 허는 애기 놔두고 나만 혼자 살았수다"하면서 눈물을 흘리던 이 할머니를 만난 것은 1994년의 일이었는데, 나는 이 할머니에게서 한마디 말도 들을 수 없었다. 서귀포시 중문동의 허름한 집에 돌봐줄 사람도 없이 목숨만 붙어 있을 뿐이지 살았다고 할 수 없이 숨만 헐떡이던 이 할머니는 이듬해에 운명을 달리했다. 양씨 집안은 이 할머니가 세상을 떠남으로써 완전히 멸문한 것이다.[38]

내가 본 것이 가족 공동묘지가 맞는지 확인 차 제주4·3연구소에 전화했더니 가족 공동묘지라고 했다. 4·3사건 이전에는 그곳이 집터였다고 했다.

잠복 학살터에서 무등이왓 마을 옛 공고판 앞까지 갔다. 공고판에는 '이곳은 마을의 추곡수매나 대·소사 혹은 여러 가지 중요한 일을 결정하기 위해서 공고를 붙였던 자리다. 일제 때는 가혹한 수탈의 공출을 알리는 공고가 있었고 4·3 바로 전해에는 식민지 치하에서 겪었던 강탈이나 다름없는 '보리 공출'을 알리는 공고가 붙어있었을 것이라 추측된다.'라고 적혀 있었다. 함께 협력하며 부지런히 살았을 당시의 사람들의 모습이 상상이 되었다.

다시 마을 길을 걷는데 왼쪽 길가에 커다란 팽나무가 발길을 붙잡는다. 나무의 몸통이 기다랗게 찢어지고 속이 다 패였

---

38 제주4·3제50주년학술·문화사업추진위원회 『잃어버린 마을을 찾아서』 p89 (학민사, 1998).

다. 어쩌다가 폭낭(팽나무)은 저렇게 되었을까. 나무의 반이 움푹 파이고 껍질이 반만 남았다. 폭낭의 몸에도 흉터가 깊게 생겼다. 딸은 폭낭이 번개에 맞아서 저렇게 되었다고 하고 나는 그때 마을이 불에 탈 때 불씨가 튀어 폭낭에 옮겨붙어 저렇게 됐을 거라고 했다.

나중에서야 나는 그 폭낭이 제주4·3사건 한참 이후 좁았던 농로를 넓혀 시멘트로 포장하는 과정에서 뿌리와 가지가 잘렸던 것이라는 것을 알게 되었다. 폭낭은 그때 마을의 일들을 증언하기 위해, 역사의 산증인으로 남아 있었던 것일까.

잠복 학살터를 바라보며 당시의 상황을 상상만 해도 끔찍하고 처참했다.

▲ 무등이왓 마을 잠복학살터(2020. 11.)

무등이왓은 동광리 5개 부락 중에서 가장 컸던 마을로서 130여 호가 있었다. 국영목장인 7소장이 있어서 말총을 쉽게 구할 수가 있어서 말총으로는 망건과 탕건을 만들었다. 또한 대나무가 많아 양태, 차롱 등을 만들던 제주의 대표적인 수공예품 주산지였다. 대나무들은 하나같이 가늘었다. 그래서 차롱[39]이나 구덕, 골체[40] 등 생활에 필요한 도구들을 만들어 썼나 보다.

강귀봉 댁의 우영밭 앞에서 잠시 멈추었다. 그 당시 마을이 모두 불에 타서 없어지고 지금은 곳곳이 빈 집터에 대나무만 무성하다. 가는 곳마다 대나무들이 우는 소리가 들린다. 억울한 그분들을 위한 기도를 마음속으로 올린다.

4·3사건 당시 무등이왓 마을에서 희생된 사람은 모두 백여 명이었다. 그리고 삼밭구석 마을의 희생자는 60여 명, 조수궤에서 희생된 사람은 모두 십여 명이었다. 무등이왓에는 1930년에 설립된 동광리 개량 서당인 광신사숙도 있었다. 학생들은 식민지 치하에 그곳에서 배움을 통하여 민족의식을 고취했으며 이후 지역 인재를 배출하는 중추적인 역할을 담당하였다. 광신사숙에 선생으로는 김봉춘, 이두옥 씨가 있었다. 그

---

39 대나무로 자그맣게 만든 바구니의 일종.
40 삼태기. 흙이나 쓰레기, 거름 따위를 담아 나르는 데 쓰는 기구.

곳도 불에 타고 빈터만 휑하니 남아 있었다.

빈 집터와 길을 따라 마을 끝까지 왔다. 이곳이 마을의 입구 같았다. 그곳에는 '잃어버린 마을-무등이왓-'이라는 표석이 쓸쓸히 서 있다. 돌담길을 걸어오는 내내 마음이 숙연해졌다. 대나무 우는소리가 아직 들려온다.

나는 딸과 함께 찬바람을 헤치며 빗속을 걸었다. 무등이왓 표석 앞에서 삼십 분쯤 걸었을까. 동광 육거리 부근에서 '헛묘' 이정표를 보고 그쪽으로 갔다. 입구 주변에는 한 줄로 선 동백이 꽃을 피우고 있었다. 1948년 11월 중순 이후 큰넓궤에 숨어 있던 동광리 주민들이 토벌대에게 발각되자 뿔뿔이 흩어졌다. 영실 볼레오름까지 오른 이들은 혹독한 추위에 제대로 숨지 못했고 대다수가 붙잡혀 재판도 없이 정방폭포 위에서 집단 학살당했다.(2021)

▲ 잃어버린 마을 —무등이왓—(2020.11)

2부
오름마다 붉은 동백

▲ 그림: 김우종 〈다랑쉬오름의 눈물〉 2024.7.

함덕바다와 서우봉

서우봉 가는 길에 함덕 해수욕장부터 들렀다. 몇 년 만에 와 보는 제주 바다. 아름다운 함덕 바다와 서우봉에 4·3의 상흔이 깊다고 해서 찾았다.

함덕의 바다가 세찬 바람에 일렁거렸다. 투명한 에머랄드 빛이 아닌 짙푸른 남빛이 좀체 바닥을 드러내지 않는다. 누구에게도 제 모습을 드러내기 싫다는 듯, 표정 없는 얼굴을 하고 있다. 파도가 달려와서 구멍 난 바위들을 자꾸 때리고 갔다. 포말이 철썩철썩 소리 지르며 튀어 올랐다가 바다로 떨어졌다. 파란 하늘은 검은 구름 가면을 쓰고 다가왔다. 층층이 먹구름이다.

그 모습을 보니 마음속을 부유하던 상상이 꿈틀댔다. 4·3사건 당시 북촌리 마을을 불태운 검은 연기가 하늘을 뒤덮던 날, 서우봉 절벽에서 꽃다운 딸들이 총소리에 비명을 지르며 꽃잎처럼 떨어지던, 그 장면을 상상했다.

바다는 얼마 전에 본 강요배 화가의 그림 '붉은 바다'와 비슷한 느낌이다. '붉은 바다'는 제주도 섬 전체를 피의 색으로 나타낸 듯 보인다. 검은색과 붉은색의 강렬한 대비가 인상적이었다. 땅은 시커멓게 타버렸고 바다와 하늘은 온통 피로 물든 그림이었다. 4·3사건 당시 함덕의 바다는 피의 바다였다.

오늘 보는 함덕의 바다는 '붉은 바다'와 색깔은 다르지만 전체적인 느낌은 비슷한, 왠지 쓸쓸하고 암울하고 처절해 보인다. 저 으르렁대는 바닷물에 손을 담근다면 끈적하고 붉은 핏덩이가 손에 감겨 나올 것만 같다. 아직도 응어리진 핏덩이가 끈끈하게 물속에 살아 떠돌 것만 같다.

함덕 백사장과 서우봉은 4·3사건 당시 집단 학살 터였다. 이곳에서 희생된 이들은 총 281명이다. 당시 함덕에 주둔하고 있던 9연대 2대대, 2연대 3대대가 일상적으로 사용하던 학살 터였다. 이곳에서는 어떤 학살이 있었을까. 딸아이와 나는 함덕 백사장에 앉아 성난 파도를 보고 있다. 그때의 꽃다운 처녀들이 떨어진 붉은 바다를 상상해 본다.

"엄마, 4·3사건 당시 함덕 해수욕장 백사장과 서우봉에서 많은 학살이 있었다고 하던데 어느 정도였나요?"

"삼백 명 가까이 된대. 그때 함덕 백사장에는 군부대가 있었는데 많은 사람이 끌려와서 학살당했대. 서우봉에서도 많이 죽었고."

"네. 여기에서 학살이 자주 일어났다고 책에서도 텔레비전에서도 봤는데 언제부터 시작되었는가요?"

"1948년 여름부터였대. 남녀노소 없이 백사장으로 끌려가서 죽었다고 해."

"학살 이유가 뭐래요? 백사장에서 어떻게 학살했는가요?"

"보복 학살도 하고 무장대와 내통했다고 죽였는데 모래에 구덩이를 파게 해서 눈을 가리고 총살했대."

딸아이는 그 말에 소스라치듯 몸을 떨며 양손을 귀에 갖다 댔다.

"무장대가 조천면 사무소를 방화하고 사람을 죽인 사건이 있었는데 그것에 대한 보복 학살이 있었다고 해."

"네. 어떤 사람은 무장대와 이름이 같다는 이유로 희생되었다면서요?"

"그렇대. 무장대와 이름이 같다고 학살된 사람도 있었대. 청년이고 장년이고 보이는 대로 잡아갔으니 많이 죽었다고 해."

"네. 그래서 그렇게 많은 희생자가 나왔나 봐요?"

1948년 11월 4일, 무장대가 조천리 마을을 습격, 조천면 사무소를 방화하고 경찰에 우호적인 조천리 주민 황ㅇㅇ(미신고)를 살해 후 자택을 방화하는 사건이 발생했다. 이 사건은 조천면 관내 토벌전이 강화되는 계기가 되었고 함덕 국민학교에 9연대 2대대가 주둔함으로써 해안 마을에 주력 부대가 등장하는 계기가 되었다. '김연환'은 무장대와 이름이 같다는 이유로 학살당했다.[41]

"엄마, 그때 희생된 사람들 중에는 애기들도 많이 있었다면서요?"

"엄마나 할머니 등에 업힌 채 끌려나간 아이들도 많이 죽었다고 해. 불쌍하게."

"네. 그때는 도피자 가족들도 많이 희생되었다는데 함덕에서도 그랬어요?"

"함덕리 평사동 '관뒷모살'이라는 데서 도피자 가족들이 총살당했고 해."

"도피자 가족들까지 학살당했다니 끔찍하네요."

"애기들부터 노인들까지 집에서 잠자다가 끌려나가 총살당했다고 하니 끔찍하다."

"남은 가족들에게 자유조차 없었던 거네요?"

"자유가 뭐야, 곧바로 집단수용소로 끌려가서 생활했다고 하니 날마다 공포였겠지."

"그곳에서는 다른 고문이나 학살은 없었을까요?"

---

41 제주 4·3사건 추가진상조사보고서 Ⅰ. p.p153~154.

"있었대. 어떤 할머니가 증언한 자료집을 봤는데 같이 온 다른 사람들은 가벼운 취조를 받았는데 그 할머니는 질기고 넓적한 고무줄로 온몸이 거멓게 되도록 매를 맞았대. 옷을 전부 벗으라 입으라 하며 군인들이 희롱을 했었고, 매로 정신이 잃은 할머니를 패대기치듯 던지는 것을 반복했다고 해."⁴²

"그 할머니 너무 끔찍한 고통을 겪으셨네요. 얼마나 무섭고 힘드셨을까요?"

"아무런 혐의가 없자 찬물을 끼얹어 가마니 위에 던지듯 내쳤대. 그날 살아남은 사람들은 수용소에 가뒀다고 해. 얼마나 공포였을까. 밤중에 소위급 되는 군인들이 수용소에 난입해서 얼굴을 들게 하고는 젊고 예쁜 여자들만 골라 데리고 나가 강간을 했대."

딸아이는 몸서리치듯 몸을 움찔하더니 할 말을 잃은 듯했다.

"보다 못한 노인들과 유지들이 진정을 올려 군인 여덟 명은 감방에 갔대."

"그 후에 보복 같은 건 없었대요?"

"그게 두려워서 다시 진정을 올렸다고 해. 그 군인들은 죄가 없으니 감방에서 나오게 해 달라고 말이야."

"그리고는 괜찮아졌대요? 그 여자분들은 어떻게 됐대요?"

딸아이의 질문에 나는 물끄러미 서우봉 언덕을 바라보고 있

---

42 홍 77세(제주시 거주)님의 증언을 재구성. 제주 4·3 아카이브.

었다. 문득 책에서 본 한 증언자 할머니의 말과 그날의 장면이 그림처럼 눈앞에 그려졌기 때문이다.

"그 할머니의 증언에 의하면 그날은 비가 왔대. 수용소 있는 곳이 높아서 창문으로 할머니가 대대본부를 보는데, 끌려간 사람들이 하얗게 서우봉으로 올라가고 있었대."

증언자 홍 씨 할머니는 그 일이 있던 날짜까지 기억하고 있었다. 음력 11월 25일, 오후 4시쯤, 열아홉 스물두 살 된 처녀들이 많았는데 저녁때쯤 총살했다고 했다. 군인들이 끔찍한 만행을 저지른 것이다. 군인들은 스물여섯 명을 학살시켰는데 차마 눈 뜨고 볼 수 없는 지경을 만들었다. 팔도 잘라버리고 다리도 잘라버렸다.

"서우봉 절벽에서 희생되었다면 시신 수습도 어려웠겠네요? 바다로 떨어졌을 테니까요."

"열네 사람의 시신은 바다로 던져 시신을 찾지 못했대. 어떤 시신은 바위에 떨어져서 겨우 수습했는데 시신을 새끼 줄로 매어 등에 지고 올라왔대."

"왜 그렇게 잔인한 짓을 했을까요? 그 부모들의 심정이 어땠을까요?"

"자기들의 만행을 덮기 위해서 서우봉에서 죽인 거라고 해."

그들은 정말 끔찍한 만행을 저질렀다.

1948. 12. 26일, 26명이 서우봉 '생이봉오지'와 '몬주기알'에서 군인들에 의해 집단학살되었다. 26명 가운데 몇 사람의 노인들을 제외하고는 대부분이 20대의 젊은 여성들이었다. 이 학살의 이유를 지금까지는 수용소에 무장대 사령관 이덕구의 부인이 숨어들었고, 그를 확실하게 찾지 못하자 비슷한 나이의 사람들을 모두 학살했다는 것이었다. 강간과 살육 시신유기로 이어졌던 당시의 상황을 은폐하기 위하여 이덕구의 부인이 등장했던 것이다. '생이봉오지'는 서우봉 북쪽의 바다와 맞닿은 '몬주기알'이란 지명도 절벽이 너무 가팔라서 오르내리기 어렵다고 붙여진 이름이다.

▲ 서우봉 가는 길(2020. 11.)

오후 4시 20분. 함덕 바다 옆에 있는 서우봉 길을 딸과 함께 오른다. 검은 구름이 해일처럼 요동치는 듯했다. 한 자락 비라도 뿌리려는 걸까. 무겁게 내려앉은 하늘과 성난 파도를 보며 서우봉으로 오르기 시작했다.

해변을 끼고 있는 소로를 따라 올라가는데 마음이 무겁다. 등에 진 배낭보다 마음이 더 무거운 것은 무엇 때문일까. 좁은 길 가장자리엔 굵은 말뚝과 밧줄로 난간이 설치되어 있었다. 가다 서다를 반복하며 우리는 서우봉으로 올라갔다. 저 푸른 바다를 쳐다보는 것도 마음이 시려왔다.

좁고 가파른 이 길로 그때 꽃다운 딸들이 올라갔겠지. 가면서 얼마나 무서웠을까. 봉우리 가장자리로 나 있는 길을 잠시 헛발이라도 딛는 순간에는 바다로 떨어지리라. 높이 올라갈수록 현기증이 났다. 앞서 걷는 딸의 발걸음도 힘겨워 보인다. 저렇게 다 키운 딸을 그때 잃은 부모들의 심정이 어땠을까.

봉우리 중턱쯤 올라가니 일본군 진지 동굴이 있었다. 4·3 당시에 피신처 역할을 했던 곳이다. 살기 위해 숨은 굴속에서 희생된 이들은 또 얼마나 많았을까.

한참을 올라가서 벤치에 앉아 성난 함덕 바다를 보며 좀 쉬다가 내려왔다. 해변 한쪽에는 둥근 형태로 돌을 쌓은 곳이 있었는데 그곳이 제를 올리는 장소로 여겨졌다. 포효하는 바다, 이제는 으르렁대지 말고 고요해졌으면 좋겠다. 그리하여 이 함덕 바다와 제주 섬 전체가 평화로웠으면 좋겠다.(2020)

▲ 서우봉 가는 길(2020. 11.)

▲ 제주의 새해 일출(2022. 1. 1)

도령마루 꽃무릇

4·3사건 기록문을 쓰기 위해 1차 답사 코스에 도령마루를 넣었다. 도령마루는 제주국제공항에서 멀지 않은 곳에 있다기에 공항에서 내려 관덕정에 들른 후에 곧바로 도령마루로 갔다. 제주국제공항에서 신제주로 나가는 길로 올라가다 보면 평지가 나오는데 이곳이 도령마루이다. 제주시 7호 광장을 말한다. 옛 지명인 '도령마루' 대신 지금은 '해태동산'으로 더 많이 알려진 곳인데 그 이유는 70년대 초 해태제과에서 세운 해태상이 들어서면서 부터이다.

해태상이 세워지기 전까지만 해도 도령마루는 제주의 상징이며 얼굴이었다. 그런데 신제주 개발로 인해 사람들이 이곳을 '해태동산' '비행장 옆 소나무밭'이라 부르게 된 것이다. 개발로 인해 4·3사건의 학살과 흔적, 이름까지 묻혀버린 역사의 조난지가 된 것이다.

도령마루를 기록문 내용에 넣은 것은 도령마루가 4·3사건 당시 희생자가 많았음에도 일반인들에게 잘 알려져 있지 않아서이다. '도령마루'에서의 학살이 수면 위로 떠오르게 된 것은 현기영 소설가의 「도령마루의 까마귀」가 세상 밖으로 나오면서부터이다. 제주에는 지명 이름이 아름다운 곳이 많은데 '도령마루'도 그렇다. 아름다운 이름에 반해 참혹한 비극의 역사가 있는 곳, 도령마루는 어떤 곳일까.

관덕정에서 택시를 타고 도령마루 앞에 내렸다. 도령마루 솔밭에 가려고 하니 접근할 길이 없어 보인다. 지척에 두고도 갈 수 없는 곳이 이런 건가. 도로 한복판을 가로질러 갈 수도 없고 인도도 횡단보도도 없다. 텔레비전에서 보던 그대로였다. 마치 고립무원 같다. 개발과 교통의 발달로 왕복 6차선 도로가 생겨 도령마루 안에는 갈 수 없는 곳이 되다 보니 사람들에게서 덜 주목받는 듯싶다. 안타까운 마음이 들었다.

이정표처럼 서 있는 해태석상의 옆길로 들어가면 도령마루가 있었음을 알 수 있다. 조금 가다 보니 '4·3역사의 조난지 도령마루'라는 이름의 안내판에 적힌 글이 눈에 띈다. 내용을 인용해 본다.

"이곳은 제주 4·3의 역사는 물론 원래 지명조차 조난당한 도령마루이다. 더욱이 제주의 관문 공항 인근에 있으면서도 소나무 숲에 가려져 고립무원의 지대로 방치돼 왔다./ ··· / 우

리는 역사의 상흔이 배여 잇는 이곳 도령마루가 더 이상 방치
되지 않기를 바라며 이 판을 세운다."

　지금은 소나무밭 주위로 도로가 확장되어 교통이 빈번하지
만, 4·3사건 당시에 이곳은 외진 곳이었다. 잔잔한 소나무가
가득했던 숲에 총성이 울리면 시체 썩는 냄새에 까마귀가 모
여 들었다는 곳이다. 4·3사건 당시 마을이 아니었던 외진 곳
에서 어떻게 그 많은 사람들이 희생되었을까. 왜 이곳이 학살
터가 되었을까. 나는 딸아이와 함께 도령마루에 들러 당시 학
살사건의 배경에 대해 살펴보았다.

　"엄마, 4·3사건 당시 여러 동네 사람들이 도령마루로 끌려
와 학살당했다고 하는데요. 이곳에 마을이 있었던 것도 아닌
데, 왜 이곳이 학살 터가 되었던 걸까요?"

　"도령마루는 4·3사건 당시 화북에서 외도까지 성을 쌓았을
때 거기에서 학살사건이 벌어졌던 곳이래. 그때 시체들이 소
나무 밭에 그렇게 많았는데 성 쌓는 작업이나 시체 치우는 작
업은 민간인들이 했대."[43]

　"성 쌓으러 오는 사람들은 아무래도 인근 주민들이 많았겠
네요?"

　"그렇지. 이호리, 도두리, 외도리, 연동리, 도남리, 이런 동네

43　'제주 4·3현장을 찾아서 스페셜' 현기영 작가 증언을 재구성. JIBS 방송 발췌
(2019. 4.16).

에서 많이 끌려왔대. 지금은 허허벌판 같지만, 그땐 소나무밭으로 우거져 있었다니 숨기기 쉬워 학살 터로 이용했겠지."

"그 당시엔 서북청년단 출신인 경찰들이 주로 활동했다면서요?"

"맞아. 성 쌓고 시체 치우는 걸 감시하는 것을 악랄한 서북청년단 경찰들이 했대. 까만 옷을 입고 다니며 하는 짓이 꼭 저승사자 같았다고 하잖아."

나는 소설 「도령마루 까마귀」와 영상에서 본 것을 예로 들며 딸에게 말해주었다.

"저도 그 소설 봤어요. 거기에도 보면 까마귀를 경찰에 빗대서 썼더라구요."

"돌무더기에 묻힌 시체가 얼마나 많았는지 까마귀 떼가 새까맣게 몰려와서 시체를 쪼아 먹더래. 끔찍해. 그 소설이 실제 사건을 쓴 거래."

"그러니 얼마나 많은 사람들이 희생되었겠어요?"

"중학교 남학생도 있고 억울하게 죽은 민간인이 부지기수였다고 해."

"네. 저도 제주방송에서 영상으로 봤는데 많은 분이 억울하게 희생되셨더라고요."

"어떤 아줌마는 시체를 치우다가 남편의 시신을 찾았다는 말도 있어."

그런 솔밭이 지금은 벌판처럼 섬처럼 고립무원 지대로 보인다.

도령마루는 까마귀 떼가 몰려와서 시체를 쪼아 먹을 정도로 많은 사람이 학살당한 곳이었다. 마을별로는 연동리, 노형리, 이호리, 아라리, 도남리, 오등리, 도두리, 화북리, 외도리, 용담리, 이도리, 해안리에서 끌려온 주민 69명이 희생되었다. 주민들은 무슨 이유로 어떻게 학살되었을까.

"엄마, 도령마루에 끌려온 주민들이 어떤 이유로 희생되었대요?"

"오등리에서 광양으로 주민들이 소개가 있었대. 소개민들을 광양운동장에 모이라고 해서 나갔는데 양민증이 없다고 뽑혀 갔다는 거야."

"소개라면 살던 동네에서 다른 곳으로 이주 가는 건가요?

"그렇지. 요즘 시청 마당이 예전에 광양운동장이었다고 해."

"그래서요? 그 후에 그분들은 어떻게 되셨어요?"

"뽑혀 간 사람들은 도령마루로 끌려가서 총살당했대. 그때가 음력으로 1948년 12월 11일이었다니 얼마나 추웠겠니?"

"도령마루가 그 당시엔 솔밭이라 소나무가 많이 우거져 있었다니, 학살이 더 많이 일어났겠네요?"

"숨기기 좋으니까. 토벌놈들이 강제로 집에 와서 사람을 연행해 가서는 소나무에 양손과 두 다리를 묶어 놓고 대검으로 찔러 죽이고 총살시켰다고 해."

"도령마루가 솔밭이라 소나무에 결박당한 채 희생된 사람들이 많았군요?"

"그때 토벌들이 무자비하게 사람들을 죽였는데, 도령마루에서 무장대를 막기 위해서 성을 쌓을 때 시신들이 많이 나온 거지."

"시신을 찾아도 마음대로 묻어줄 수도 없었겠네요?"

"토벌놈들이 두 눈 시퍼렇게 뜨고 감시해서 엄두도 못 냈다잖아."

"「도령마루 까마귀」의 마지막 장면이 생각나네요. 두 여자가 경찰 몰래 시체를 담가에 담아서 성담 밖으로 내던지는 장면이요."

"소설이라고 전부 꾸민 얘기가 아니야. 그건 사실을 바탕으로 쓴 거라고 하잖아."

"네. 도령마루에서 그렇게 많은 분들이 억울하게 희생되었는데도 모르는 사람이 많다니 안타까운 일이네요."

당시 도령마루 솔밭 일대에서는 개들이 어슬렁거리며 시체 뼈다귀를 뜯어 먹다가 미쳐서 죽었다는 이야기도 회자되고 있다. 인간의 광기에 광견병까지 나돌았다고 하니 정말 끔찍한 사건이다. 인간의 잔혹성은 어디까지일까. 이 아찔한 장면에 나는 심장이 멎는 듯해서 또 한 번 숨 고르기를 해야 했다.

　도남일대 주민 20여 명이 1948년 12월 말 혹은 1949년 1월 초 사람들을 집합시킨 후 양민증이 없다는 이유로 경찰에 의해 끌려간 후 동척회사(주정공장)에 감금시켰다가 1월 8일 도령마루에서 학살했다. 연동마을은 도령마을과 인접해 있어서인지 연동마을 주민들의 학살이 일찍 일어났다. 소개령과 계엄령이 내려지기도 전인 11월 3일 새벽에 연동마을에 들어온 군인들은 주민 10여 명을 연행해 간 후 도령마루에서 소나무에 결박하고 총살했다.[44]

　도령마루는 돌무더기에 묻힌 시체가 당시 일주도로에 성을 쌓는 과정에 많이 드러났다. 도령마루에 암매장된 유해들 중 일부는 현재까지도 가족의 품으로 돌아가지 못한 것으로 추정되고 있다. 도령마루는 마을과 떨어진 소나무 숲이어서, 학살사건을 은폐할 수 있어서 많은 사람들의 학살 터가 된 것은 아니었을까. 아직도 정확한 학살 장소와 날짜가 파악되지 않아 시신 수습이 이루어지지 못하고 있다니 안타까운 일이다.

　2023년 12월 도령마루에 기념 조형물이 세워지고 방사탑도 건립되었다. '해태동산'에 밀려 '도령마루'라는 이름조차 묻

44　출처: 2016. 4·3 제68주년 역사맞이 '4·3문학의 현장을 찾아서' 제주작가회의.

힐 뻔하였는데 다시 찾게 되어 다행이라 여긴다.

도령마루에 관한 자료집과 책을 읽으면서 마음이 많이 아팠다. 그럴 땐 꼭 시가 쓰인다. 몇 년 전에「도령마루 꽃무릇」이라는 시를 썼는데 쓰면서 많이 울었다. 시인은 마치 '곡비(哭婢)' 같다는 생각을 한다.

작년 초에 우연히 제주4·3평화기념관에서 해마다 4·3 시화전이 열린다는 것을 알게 되었다. 나는 몇 년 전에 심혈을 기울여 쓴 시「도령마루 꽃무릇」을 작년에 제주4·3평화공원 시화전에 발표하게 되었다. 제75주년 4·3희생자 추념식이 끝나고 4·3평화공원 문주에 전시된 그 시를 보니 타지에서 자식을 만난 듯 뭉클하고 반가웠다. 고통 속에 태어난 시를 올려본다.(2024)

도령마루 꽃무릇

사람들을 도두리 밭에 앉혀 놓고 눈을 감으라고 했다. 고개를 숙이지 않은 사람들에게는 군홧발이 여지없이 날아들었다. 군인들은 무를 뽑듯이 몇몇 사람들을 쉽게 뽑아냈다. 까까머리 중학생 둘이 트럭에 실려 갔다.

도령마루 솔밭에서 까마귀와 솔잎과 잡풀이 놀라 진흙에 뒤엉켜 있었다. 아이들의 온몸을 구렁이가 감은 듯, 오랏줄로 소나무 등에 묶고 두 눈은 하얀 천으로 가렸다. 가슴은 과녁이 되었다. 붉은 점을 그려 놓은 목숨, 식어가고 있었다.

가슴팍엔 대나무꽃이 피고 소나무의 심장에는 납덩이가 박혔다. 빨갱이가 뭔지도 모른 채 하얗게 바스러지던 몸, 봄이 오기도 전 봄이 끝나버린 그해의 도령마루. 소나무를 등에 업고 멈춰버린 그의 봄.

도령마루 솔밭에서 동박새들이 밤새 울었다. 소나무 아래에는

선홍빛 꽃무릇이 만발했다. 꽃잎들이 모로 고개를 돌리고, 꽃술에
는 노을이 가득했다. 도령마루 꽃무릇을 검은 개들이 킁킁거리고
있었다.

　사냥개들이 소나무 둥치를 할퀴며 땅을 파고 있었다. 사냥개의
코가 빨쪽대며 붉은 뼈다귀를 찾고 있었다. 솔밭에서 나온 굵은 뼈
를 물고 돌아다녔다. 총알 박힌 뼈를 물고 다니는 미친개들, 골목
마다 마을마다 날뛰었다.

　푸른 소나무에 청춘이 결박당한 그날, 꽃무리로 뚝뚝 떨어지던
명찰들, 마을 곳곳에서 끌려온 까만 고무신들이 화북리에서 외도
리까지 성을 쌓았다.

　도령마루의 꽃무릇, 그날의 흑백사진을 보고 있다.

—정여운 시 「도령마루 꽃무릇」 전문

▼ 2023년 12월에 건립된 도령마루 4·3유적지 방사탑
ⓒ강덕환 시인(2024)

▲ 2023년 12월에 건립된 도령마루 4·3유적지 표석
ⓒ강덕환 시인(2024)

오름마다 붉은 동백

제주의 자연경관 중 하나는 오름이 많다는 것이다. 여러 오름 중에서 다랑쉬 오름이 으뜸이라 할 만큼 가장 크고 아름답다. 다랑쉬는 정상의 분화구가 '달의 모습'과 비슷해서 '다랑쉬'라 부른다. 다랑쉬 오름 아래가 반달처럼 움푹 들어가 있어 흡사 달의 모습이라 다랑쉬 오름을 '오름의 여왕'이라 불리고 있다. 마치 달이 떠오를 것만 같이 둥글게 패인 다랑쉬 오름. 그 아름다움 뒤로는 감추어진 눈물이 있다. 오름마다 동백꽃이 피어나듯 핏빛 희생자들이 있었다.

다랑쉬 오름에 갔다가 내려오는 길에 다랑쉬굴에 가기로 했다. 다랑쉬 오름 안내판에는 다랑쉬 오름과 다랑쉬굴이 가까이 있다는데 찾기가 힘들었다. 한참을 주변을 살피다가 다랑쉬 오름 진입로 우측 도로변에 손바닥만 한 나무에 '다랑쉬굴'이라는 안내판을 발견했다. 다랑쉬 오름 동남쪽 아래에 있는 다랑쉬 마을 옛터를 따라 걸었다.

다랑쉬 오름으로 인해 '다랑쉬 마을'이라는 이름이 붙여졌다고 한다. 오름만큼이나 마을 이름도 아름답다. 다랑쉬굴에도 4·3의 아픈 역사가 있다. 4·3 당시에는 어떤 마을이었을까. 책에서 본 기록과 O 시인님의 해설을 떠올리며 답사길에 오른다.

1948년 12월 18일에 다랑쉬 마을에 모든 집이 불에 탔다. 주민들은 해안마을인 구좌면 세화리, 하도리 쪽으로 소개를 갔다. 군경에 의한 초토화 작전으로 다랑쉬 마을에도 피바람이 불었다. 마을 사람들은 살기 위해 떠났다. 아름드리 폭낭(팽나무)만 마을 입구를 지키며 남게 되었다. 세월의 풍파 속에 팽나무도 이제는 삭아지고 말았다.

10여 가구가 정겹게 살아가던 다랑쉬 마을, 입구에는 '잃어버린 마을'이라는 표석이 세워져 있었다. 당시 사람들이 살았던 흔적은 남아 있을까. 나는 『다랑쉬굴의 슬픈 노래』 책에서 본 글과 사진들을 떠올리며 유적을 따라갔다. 우리처럼 어떤 부부도 4·3 유적지 답사를 하는지 다랑쉬굴 방향으로 걸어가고 있었다.

바람이 드나드는 한적한 동네. 여행객들은 관광지로 갔는지 유채꽃을 보러 갔는지, 그 시간에 다랑쉬굴을 찾아 다랑쉬 마을을 걸어가는 이는 그들과 우리 가족뿐이었다

곳곳에 남아 있는 집과 담의 흔적들, 무성하게 자란 대나무

숲이 나지막한 돌담이 이곳이 집터였음을 알려 주었다. 돌담 안에는 잡풀인지 채소인지 주인 없는 집터에서 시퍼렇게 자라고 있었다. 가끔 대나무에서 댓잎이 비벼대는 소리가 진혼곡처럼 들려왔다.

사람들은 비명에 떠났어도 늙은 폭낭이, 대나무 숲이, 저 돌들이 대신 말해주고 있다. 이곳에는 어떤 흔적이 있을까. 소와 말이 물을 먹었던 연못도 있었고 소와 말을 가두었다가 소를 몰기 위해 돌담을 둘렀던 장통막이 있었다고 한다. 지금은 개발로 인해 유적지가 훼손되고 있다고 하더니 사실이 그랬다. 마을 진입로 옆에 포크레인으로 땅을 파며 큰 공사를 하고 있었다.

팽나무를 지나 안길로 들어가면 무성한 대나무 숲길이 있

▲ 다랑쉬굴 가는 길(2023.4)

▲ 다랑쉬 마을 집터(2023.4)

다. 팽나무가 있는 곳에서 300m 정도 떨어진 곳에 다랑쉬굴이 있었다. 다랑쉬굴은 도틀굴과는 달리 야산이 아닌 마을과 인접한 평지 같은 곳에 있었다. 다랑쉬굴이 다랑쉬 오름에 있을까, 상상했더니 의외였다. 멀리서 보이는 집터에서는 무꽃들이 하얗게 길손처럼 손을 흔들고 있었다. 주인 잃은 집터에서 무가 쓸쓸히 빈집을 지키며 꽃을 피우고 있었다.

4·3사건 당시 많은 사람이 군경 토벌대를 피해 다랑쉬굴 안에 숨어 있었다. 현재는 입구를 커다란 바위와 철망으로 막아두었다. 저 바위는 또 얼마나 많은 총탄을 맞으며 버텨냈을까. 그도 다랑쉬 마을 사람들처럼 함구하고 있었던 것일까. 70년 이상의 세월을 참아내느라 그도 고통스러웠을 것이다.

그 당시 사람들은 왜 이 굴속으로 도망을 왔을까.

　해안마을에 있는 도피자 가족들은 가족 구성원 중에서 한 사람이라도 없으면 군경 토벌대들에게 괴롭힘을 당했다. 토벌대에게 잡히면 언제 죽을지 모르는 상황이라 세화리나 하도리, 종달리 사람들이 오히려 해안마을에서 텅 비어 버린 다랑쉬 마을에 와서 이 굴에 피신하게 된 것이다.

▲ 다랑쉬굴 전면(2023. 4.)

　다랑쉬굴의 비극은 44년 만에 세상에 알려지게 되었다. 역사 속에 묻힐 뻔한 이 사실이 세상 밖으로 드러났다. 당시 이 굴에 숨었다가 살아난 '채ㅇ옥' 어르신의 증언이 있었기 때문이다. 44년 동안 채ㅇ옥 씨는 다랑쉬굴의 참상을 누구에게도 말하지 않고 있었다. 다랑쉬굴 입구를 막고 있는 저 바위처럼. 섣불리 얘기했다가 어느 정보기관에 잡혀가서 당하지 않을까, 하는 두려움이 컸던 시기였다. 그의 고통이 얼마나 컸을까. 그의 가슴도 동굴 속 어둠처럼 새까맣게 탔으리라. 숨막히는 고통이었으리라.

채ㅇ옥 씨의 증언을 토대로 제주시 제주4·3연구소 조사팀이 그 일대를 수색했다. 마침내 다랑쉬굴에서 많은 유해가 발굴되었다. 이들은 동굴 안에서 어떻게 죽어간 것일까.

토벌대가 굴을 향해 굴 밖으로 나오라고 해도 사람들은 나오지 않았다. 나가도 죽을 것이 뻔했기 때문이다. 사람들이 굴 밖으로 나오지도 않자 군경 합동 토벌대는 수류탄 등을 굴 속에 던지며 굴 입구에 불을 피우고 구멍을 막았다. 사람들이 굴속에서 한 명씩 질식사했던 것이다. 굴 밖으로 나오지도 못하고 고통스럽게 죽어갔다.

4·3평화기념관에는 민간인이 토벌대에 의해 질식사한 동굴 현장의 모습을 재현해 놓고 있다. 발견 당시 그대로의 모습이다. 이들이 숨어 지내던 동굴 내부의 모습은 어땠을까. 입구는 한 사람이 겨우 빠져나갈 정도로 좁고 들어가면 큰 공간이 두 개 있다. 한쪽 공간은 밥을 하고 식사를 해결하는 부엌용이었고, 또 한쪽은 잠을 자고 쉬는 곳이었다.

▲ 다랑쉬굴 발굴 당시 사진
출처: 제주특별자치도의회 4·3백서 2

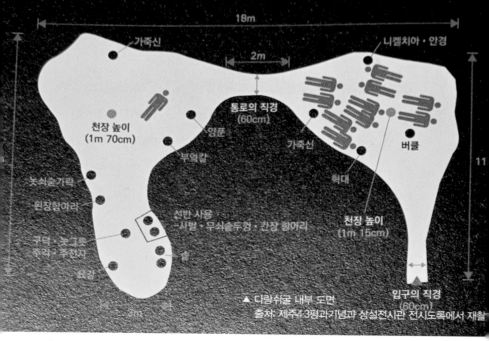

18m

2m

가죽신

니켈치아·안경

통로의 직경
(60cm)

천장 높이
(1m 70cm)

양푼

가죽신

버클

부엌칼

혁대

놋쇠숟가락

11

된장항아리

천장 높이
(1m 15cm)

선반 사용
－사발·무쇠솥두껑·간장 항아리

구덕：놋그릇
주좌：주전자

솥

요강

입구의 직경
(60cm)

3m

▲ 다랑쉬굴 내부 도면
출처: 제주4·3평화기념관 상설전시관 전시도록에서 재촬

1992년, 유해 발굴 당시에 11구의 유해가 나왔다. 그중에 한 명은 어린이였고 세 명은 여성이었다. 희생자들은 강태용 (34세), 박봉관(27세), 고순환 (27세), 고순경 (25세), 고태언(25세), 고두만(21세), 함명립(21세), 김진생(51세,여), 부성만(24세, 여), 이성란(24세,여), 이재수(9세)였다. 나머지 7명은 남자들이 었는데 세 가족 정도가 이곳에 피신했던 것으로 보고 있다. 동굴 안쪽에서 도피 생활 중 사용했던 무쇠솥, 사발, 항아리, 요강 등 생활 도구도 발견되었다.

칠흑 같은 어둠 속에서 공포에 떨며 하루하루를 버텼을 사람들. 살기 위해 숨어 지낸 동굴에서 그들은 비참하게 죽어간 것이다. 토벌대에 의한 참혹한 질식사였다.

1992년 다랑쉬굴의 발견은 4·3의 참혹함을 전국적으로 알리며 사회적 파장을 몰고 왔다. 유해발굴이 되고 나서 어떤 조치가 이루어졌을까. 44년 만에 찾은 유해 앞에서 가족들은 통곡했으리라. 봉분이라도 만들어 후손으로서 넋을 기리고 싶었을 것이다. 유족들은 공안 당국에게 뼈 한 줌이라도 주면 가신 분의 혼이라도 달래주겠다고 울면서 뼈를 달라고 애원했다. 그런데 유해 수습 과정에서 당시에 공안 당국과 행정당국이 유족들을 찾아다니며 화장하자고 설득했다. 그들은 무엇이 두려웠던 것일까. 결국 이 뼈들을 다 꺼내서 화장하고, 김녕 앞바다에 뿌려지게 되었다.

지난 2002년에는 다랑쉬 유골 발견 10주년이었다. 제주민예총에서는 희생자들의 넋을 기리는 해원상생큰굿을 마련했다. 이곳이 4·3의 상처를 치유하는 상징적인 공간으로 거듭나길 기대해본다.

그 당시에 유해들만 꺼내어 화장해서 바다에 뿌려졌기 때문에 다랑쉬굴 속에는 상당히 많은 희생자들의 유품들이 현재에도 그대로 있다고 한다. 그 장면을 보고 있는 유가족들의 심정은 얼마나 비통할까. 다랑쉬굴 속에 있는 유물들이 훼손되지 않게 보호조치와 함께 추가조사가 필요할 것 같았다.

토벌대의 총칼을 피해 동굴에 숨어 지냈으나 결국 동굴 속에서 죽어 간 이들. 살기 위해 마을을 떠난 사람들 역시 마을로 돌아오지 못했다. 마을 입구에 처연히 늙어 가는 팽나무와 대나무들만 다랑쉬 마을을 지키고 서 있었다.

다랑쉬굴을 보고 마을을 벗어나자 마을 입구에 '잃어버린 마을' 표석이 쓸쓸히 서 있다. 아름답고 평온했던 다랑쉬마을이 하루아침에 잃어버린 마을이 되었다니…

혹자는 한 사람이 태어나는 것은 대륙 하나가 태어나는 것과 같다는데 이렇게 마을 하나가 사라졌다는 것은 도대체 몇 개의 대륙이 사라진 것일까. 나는 이 역사적 사실을 기록하기 위해 '잃어버린 마을 다랑쉬' 표석 앞에서 사진을 찍었다. 그리고 다랑쉬 마을 앞에 우뚝 서 있는 다랑쉬 오름을 배경으로 사진을 찍으려고 포즈를 잡는데 오름 기슭에 맺혀 있는 눈물방울이 보였다. '오름의 여왕'도 매일같이 잃어버린 다랑쉬 마을을 다녀가는 답사객들을 볼 때마다 눈물을 보이는 듯했다. 다랑쉬 마을 집터에서 무꽃들이 가늘고 흰 손을 흔들어 주고 있었다.(2023)

▲ '잃어버린 마을 다랑쉬' 표석(2023. 4.)

여기는 1948년 11월 경 4·3사건으로 마을이 전소되어 잃어버린 북제주군 구좌읍 다랑쉬 마을 터전이다. 해발 170m의 중산간 지역에 위치한 다랑쉬 마을은 대략 100여 년 전에 설촌되었다 한다.

다랑쉬라는 이름의 유래에 대해서는 여러 가지 설이 있으나, '마을의 북사면을 차지하고 앉아 하늬바람을 막아주는 다랑쉬 오름의 분화구가 마치 달처럼 둥글게 보인다'하여 다랑쉬라 붙여졌다는 설이 가장

정겹다.

주민들은 산디(밭벼), 피, 메밀, 조 등을 일구거나 우마를 키우며 살았다. 소개되어 폐촌 될 무렵 이곳에는 10여 가호 40여명의 주민이 살았다. 다행히 4·3사건으로 인한 인명 피해는 없었다. 지금도 팽나무를 중심으로 못 터가 여러 군데 남아 있고, 집터 주변에는 대나무들이 무더기져 자라 당시 인가가 어디에 있었는지를 짐작하게 해준다.

빌레못굴 영혼을 위한 노래

참 많이 닮았다. 신기한 일이다. 처음 보는 순간 너무 닮았다는 생각을 했다. 나는 지금 컴퓨터 화면에 나타난 빌레못굴의 사진을 보고 있다. 사진을 보는 순간 제주도 전체의 지도와 닮았다는 생각이 들었다.

이번 제주 4·3유적지 기행 코스로 빌레못굴을 가려고 했는데 이곳이 통제 구역이라는 것을 알게 되었다. 아쉽지만 자료를 통해 글을 쓰기로 했다.

빌레못 동굴은 세계적인 대형 미로 굴인데다 곳곳에 낙반이 잦아 일반인들의 출입은 금지되고 있다. 입구는 성인 한 명이 겨우 드나들 수 있을 정도로 매우 좁다. 출입을 통제하기 위해 철문이 단단히 설치돼 있다. 빌레못 동굴은 구석기시대 화석이 발견된 이후 1984년 8월 14일 천연기념물 제342호로 지정됐다.[45]

---

45 네이버 지식백과 '제주 빌레못 동굴, 제주 4·3사건의 슬픔이 남아 있는 곳'. 인용.

빌레못굴을 처음 발견했을 때의 탐사단들 사진을 보고 있다. 동굴은 마치 산을 세로로 잘라놓은 듯하다. 동굴의 전면은 황갈색이고 배경은 온통 까맣다. 동굴에는 이리저리 금이 나 있다. 각 읍면 단위 표시 같다.

캄캄한 입구가 입을 쩍 벌리고 있다. 커다란 입구가 마치 해안선에서 5km 밖의 중산간 마을처럼 보인다. 동굴의 입구에는 세 명의 사람이 있다. 왼쪽에는 서 있는 남자 한 명, 오른쪽에는 서 있는 사람 한 명, 앉아 있는 사람 한 명이 있다. 앉아 있는 남자는 아래위로 빨간 옷을 입고 있다. 서 있는 두 사람은 동굴의 위쪽을 쳐다보고 있다. 빨간 옷을 입은 사람은 두 남자를 바라보고 있다. 세 명의 남자는 어느 동굴로 들어갈까 고민하고 있는 듯 보인다. 왠지 이 동굴에 눈길이 자꾸 간다.

제주 4·3사건 당시 어디로 피신해야 안전할지, 어느 동굴로 숨어야 살 수 있을지 고민하는 사람들 같다. 검은 입을 벌린 저 동굴을 보면 자꾸만 목울대를 타고 슬픈 울음이 울려 나오는 것만 같다.

저 캄캄한 동굴에서, 미로 같은 동굴에서 참혹한 고통을 당한 어린 아기들과 사람들의 울음이 들리는 것 같다. 살기 위해 점점 깊은 곳으로 들어갔다가 굶어서 죽고, 학살을 당하던 곳이 바로 이곳이다.

책에서만 보던 내용을 4·3평화기념관에 오니 4·3사건 당시 빌레못 동굴에 관한 정보가 많이 있었다. 어느 시인이 쓴 시도 있었다. 나는 전시관에 전시된 시 문장 속으로 들어 가 본다. 곁에서 같이 관람하던 딸이 묻는다.

"엄마, 4·3사건 당시 사람들은 어떻게 빌레못굴에 들어가게 되었어요?"

"가족 중에 도피자 가족이 있거나, 토벌대의 주목을 받게 된 사람들이 숨었어. 구전되는 말 중에 '난리 때는 산불근 해불근(山不近 海不近) 하라. 30명이 족히 숨어 살 수 있는 곳이 있다'는 말이 마을에 퍼져 있었대."

"산불근 해불근(山不近 海不近)이라는 말이 무슨 뜻인데요?"

"지금은 산이나 바다에도 가까이하지 못한다는 말이지."

"동굴 입구가 좁아 잘 들키지 않을 텐데 어떻게 발각이 되었을까요?"

"소문에는 아마도 굴밖에 연기처럼 피어오르는 김 때문인 거 같다고 해."

"그때 빌레못굴에서는 주로 어떤 사람들이 있었나요?"

"대부분 노인들과 애기 엄마 서너 살 먹은 애기들이었대. 젖먹이도 있었다고 해. 워낙에 처참하게 학살해서 인근 동네에까지 다 알려졌대."

"어떻게 학살을 했기에 그랬을까요? 희생자들은 몇 명이나 된대요?"

"1949년 1월 16일에 굴이 발각이 돼서 토벌대들이 남녀노소 없이 집단 총살했대. 서너 살 난 아기들 다리를 잡아 머리를 바위에 메쳐서 죽였대."

"너무 끔찍해요. 다른 분들은 어떻게 희생되었대요? 살아남은 사람은 한 명도 없어요?"

"어떤 아기엄마는 두어 살 된 딸을 업고 굴속으로 너무 들어가서 길을 잃어 빠져나오지 못해서 굶어죽었대. 살아남은 사람은 한 명이라고 책에서 봤어."

"미로 같은 굴속이라 깜깜해서 멀리 들어가면 다시 나오기 힘들겠어요."

"살아남은 사람은 굴 입구에 숨어있었던가 봐. 죽은 그 아기들이 동네에서 소문날 정도로 예쁜 아이들이었다는데 얼마나 가슴이 아프겠어?"

"살겠다고 들어간 굴속에서 결국 못 나와서 희생된 거네요?"

"토벌대들이 굴 입구에서 살려줄 거니까 걱정하지 말라고 유인해 놓고는 나오면 바로 총살시키니 사람들이 자꾸 굴속으로 들어간 거래. 굴이 워낙에 크고 복잡하니까 잘못 들어가면 길을 잃고 헤매는 거지."

"빌레못굴이 크고 미로 같아 위험하다고 요즘도 폐쇄시켜

났다고 했잖아요?"

"그래. 안 그랬으면 거기도 코스로 가 보면 좋은데. 빌레못 굴에서 희생당한 분들의 유해도 산악회 팀들이 발견했다고 해."

살고자 들어간 굴속에서 주민들은 결국 길을 잃고 밖으로 나오지 못해 죽게 되었다. 이들의 시신은 후에 동굴 탐사팀에 의해 발굴되었다. 희생자의 대부분은 난리를 피해 숨었던 주민들이었다. 안타까운 비극이다.

제주4·3 평화공원에 전시된 아이들을 위한 시를 보는데 울컥, 눈물이 났다. 저 캄캄한 동굴에서 우는 어린 영혼들을 위해 진혼곡이라도 들려주고 싶다. 나는 빌레못 동굴에서 떠도는 원혼들을 위한 시를 몇 편 썼다.(2021)

4·3집단학살의 상징 북촌 너븐숭이

나지막한 슬래브 지붕 위에 빨간 동백꽃이 통째로 떨어져 있다. 아직 시들지 않은 꽃, 꽃잎이 마른 꽃, 검게 변해 뒤틀린 꽃, 납작 찌그러진 꽃, 어른 주먹만 한 꽃부터 갓난아기 주먹만 한 꽃까지, 많은 통꽃들이 슬래브의 굴곡진 홈을 따라 누워 있다. 흡사 옴팡밭에 누운 4·3의 희생자들 같다. 꽃을 세어 보니 300여 송이나 된다. 지붕의 왼쪽에는 진초록 동백나무가 햇살을 등지고 서 있다. 동백나무가 총을 들고 서 있는 군인 같다.

작고 초라한 지붕 위에 쓰러져 누운 통꽃에서 비명소리가 들린다. 저 고운 꽃들이 언제 무참히 참수를 당한 것일까. 밤새 폭풍이 불었던가. 눈보라가 휘몰아쳤던가. 떨어져 누운 동백꽃을 보는데 내 마음이 아파온다.

널브러진 동백꽃들을 보니 KBS '다큐멘터리 제주 4·3 70주년' 영상이 자꾸 떠올랐다. 마치 내가 겪었던 일인 양 기억의 단편들이 하나로 모이는 듯하였다. 텔레비전에서 본 고완순 할머니의 이야기를 떠올리며 70년 전, 그날로 따라가 본다.

고완순 씨는 70년이 지난 그날의 일을 생생하게 기억하고 있었다. 그때 그분이 살던 마을에는 무슨 일이 있었던 걸까. 당시 고완순 씨는 열 살이었다고 한다.

1949. 1. 17일 아침에 토벌대가 사람들을 죽이고 불을 지른 다는 말이 돌았다. 고완순 씨의 동네에도 들이닥쳤다. 그때 고 씨는 엄마와 집에 있었는데 마당에서 발자국 소리가 들렸다. 살며시 창호지 문구멍으로 밖을 내다보다가 벌렁 나자빠졌다.[46]

검은색 옷을 입고 총을 든 토벌대 세 명이 마당으로 해서 헛간으로 집안 구석구석을 이 잡듯이 뒤지고 다녔다.

"너무 놀라서 소리도 못 지르고 벌벌 떨고 있는데 토벌대 놈들의 칼이 방문에 붙은 창호지를 뚫고 방안으로 쑤욱 들어오는 거야. 은빛 칼날이었어. 그놈들은 총 끝에 칼을 꽂고 다녔어. 그러더니 갑자기 방문을 확 열었어."

토벌대들은 고 씨와 고 씨의 어머니를 마당으로 끌어내어 내동댕이치며 욕을 했다.

"빨리 일어나 새꺄, 빨리 따라오지 못해?"

---

46 2018년 KBS '다큐멘터리 제주 4·3 70주년' 발췌. 고완순(80세) 씨의 증언을 바탕으로 재구성함.

"토벌대는 마당에 뒹굴고 있는 나와 엄마를 개머리판으로 때리기 시작했어. 목줄에 끌려가는 개처럼 마을 사람들과 우리 가족은 그놈들을 따라 제주 북촌 국민학교 운동장으로 갔어. 온몸이 사시나무처럼 떨렸어."

고완순 씨는 너무 무서워서 비명도 나오지 않았다. 검정 고무신을 끌면서 자꾸 집 쪽으로 돌아보았다. 동네 초가집들이 불에 훨훨 타고 있었다. 하늘이 새까맸다. 소와 돼지 울음소리도 들려왔다.

무장한 군인들은 북촌리 4백여 채의 가옥들을 하루아침에 태우고 잿더미로 만들었다. 토벌대는 마을 사람들을 모두 끌어내어 제주 북촌 국민학교로 집결시켰다. 그러고는 마을을 불태웠다. 화마가 삼키고 간 마을은 비명도 죽었다.

제주 북촌 국민학교에서는 사람들이 까마귀 떼처럼 새까맣게 운동장을 메우고 있었다. 엄마 등에 업혀 젖을 먹고 있는 갓난아기부터 청년, 부녀자, 임산부, 노인 할 것 없이 다 모였다. 운동장이 꽉 찼다.

"학교에 가서 보니까 사람들이 유독 서쪽으로 많이 앉아 있었어. 어른이 돼서 생각하니까 그것은 미리 군인, 경찰 가족이나 공무원 가족들을 미리 빼냈더라는 거야. 그때는 어려서 그 이유를 잘 몰랐었지."

당시를 회상하며 고완순 씨는 말했다.

"그 사람들이 장대로 바닥에 선을 그어 동쪽 서쪽을 나누었어. 서쪽에는 공무원, 군인, 경찰 가족, 친일하는 사람들이었지. 그리고 놀란 것이 있어."

"학교 담장 위에 월남전에서 사용한 기관총 같은 것이 담장 위에 세 갠가 네 갠가 사람들을 향해 있었어."

사람들은 벌벌 떨면서 검은 옷을 입은 토벌대의 손가락을 지켜보았다. "너는 이쪽으로 너는 저쪽으로." 그들의 손가락이 어디 쪽을 가리키느냐에 따라 생사가 달렸다.

군·경 가족이 아닌 사람들은 남녀노소 가리지 않고 인근 밭으로 끌려갔다. 한 무더기에 30명에서 50명씩 끌려나갔다. 그러고는 근처에 있는 옴팡밭으로 밀려 들어갔다. 총소리가 들릴 때마다 머리가 하나씩 없어졌다.

"따다다다 따다다다"

"야야, 대가리 땅에 박고 엎드려라."

"엄마의 고함소리에 납작 엎드려 있는데 엉덩이에 뭐가 걸렸어. 양손으로 땅을 짚었는데 끈적끈적한 것이 묻었어."

고완순 씨 옆에는 총에 맞아서 죽은 아기 엄마의 피가 땅에 고여 있었다. 고무신이 벗겨진 젊은 여자가 그 옆에 누워 있었다고 한다.

"우리는 다 엎드려 있는데 왜 이 사람은 누워 있을까, 이상해서 돌아보니 머리에 피를 흘리며 아기를 안고 죽어 있었어.

갓난아기가 자지러지며 엄마의 젖을 빨고 있었어."

고완순 씨에게는 세상에 태어나서 처음으로 겪어 보는 공포였다고 한다. 마을이 전부 불에 타자 소와 돼지의 울음도 피를 머금은 듯 빨갰다. 하늘도 섬도 모두 검게 타올랐다. 옴팡밭에 시신들은 칡넝쿨처럼 얽혀 있었다. 땅에 코를 박고 꼬꾸라진 사람, 옆으로 누운 사람, 팔이 뒤틀린 사람, 옆 사람의 얼굴에 발이 올라간 사람, 각양각색으로 쌓여있었다. 시체 산이었다.

구름 속에 들어간 해가 나오자 피범벅인 시신들은 반짝거렸다. 머리에 가슴에 팔 다리에 피가 반사되어 검붉게 눈부셨다. 짐승보다 더 잔인하게 죽여 놓은 모습들이었다.

"등 뒤에서는 토벌대가 총알을 넣는지 '잘가닥 잘가닥' 하는 쇳소리가 자꾸 났어."

"따다다다! 따다다다!"

총성과 함께 밭은 이내 학살 터로 변했다.

"엄마, 무서워 엄마 얼른 집에 가자."

엄마의 치맛자락을 붙들며 무섭다고 울던 어린아이들은 여기저기에 쓰러졌다. 검정색 군복을 입은 토벌대가 참나무 몽둥이를 휘두르며 우는 아이들의 머리통을 두세 번 후려갈겼다. 세 살배기와 젖먹이들이 머리에 피를 흘리며 쓰러졌다. 아비규환이었다.

그 영상을 보고 나서 글을 쓰는데 가슴이 답답하고 아팠다. 눈물이 흘렀다. 강요배 화가의 '이승과 저승 사이'라는 그림이 떠올랐다. 죽은 사람들 옆에 피가 흐르는 채로 서 있는 여인의 그림이다. 그림 하나로 많은 이야기를 알 수 있다.

1949년 1월 17일, 북촌리에서는 이날 한 집 건너 한 집이 제사를 지낸다고 한다. 사람들마다 트라우마를 안고 살아가고 있다. 북촌리는 4·3사건으로 인해 남자 희생자가 많아 '무남촌'이라는 이름이 생겨났다.

1949년 1월 18일, 함덕리로 소개된 북촌리 주민 중 함덕리 모래밭에서 희생된 29명을 포함하면 1월 17일과 18일 이틀 동안 희생된 북촌리 주민은 299명으로 조사 됐다.[47]

2020. 11. 21(토), 4·3유적지 답사 첫날 조천읍과 구좌읍의 경계 마을 북촌리 너븐숭이를 찾았다. 북촌 초등학교 담장을 끼고 백 미터 정도 걸으면 너븐숭이가 있다. 동절기라 해가 일찍 져서 주변이 조금 어두웠다. 옴팡밭을 보니 마음이 무거웠다.

옴팡밭 가운데에 기다랗고 조금 볼록한 봉분 같은 것이 애기 무덤 같다. 잎이 다 떨어진 묘목들이 그 둘레를 지키고 있었다. 그 옆에 현기영 소설가의 순이삼촌 비가 있었다. 2008

---

47 『제주 4·3사건 추가진상조사보고서 I 』 p170. (제주 4·3평화재단, 2019).

년 정부는 옴팡밭 부지를 매입하여 '순이삼촌 문학비'를 세웠
다고 한다. 붉은 피로 상징되는 송이 위에 눕혀져 있는 비석
들은 당시 희생자들의 모습이라고 한다. 당시 많은 주민들이
이곳에서 희생되었다니 마음이 숙연해졌다.(2021)

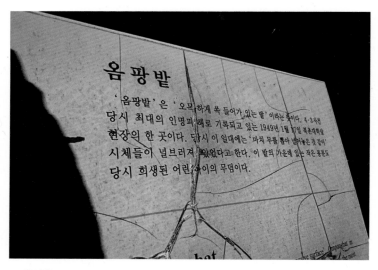

▲ 옴팡밭(2020. 11.)

소설 '순이삼촌'의 내용 일부가 옴팡밭에 널브러져 있다.(2020. 11.)

순이삼촌 문학비(사진 제공:너븐숭이 4.3유적지)

등가죽이 벗겨지며 쌓은 낙선동 성터

　해가 지기 전에 딸과 같이 서둘러 동백동산에서 내려왔다. 택시를 타고 낙선동 성터로 갔다. 선흘리 동백동산에서 낙선동 성터까지는 그리 멀지 않았다.

　낙선동 성터 입구에 내리자 폭낭 한 그루가 마을 지킴이처럼 서 있었다. 굵은 허리에 등은 휘어지고 온몸에는 검버섯 같은 푸른 이끼가 다닥다닥 붙어 있었다. 저 나무도 그동안 4·3의 광풍을 맞고 거친 세파를 이겨내느라 얼마나 고되었을까. 늙은 몸을 성담에 비스듬히 기댄 채 건너편 나무와 서로 잎을 섞고 있었다. 무슨 얘기라도 나누는 것일까. 길 이쪽 끝에서 저쪽까지 그늘을 드리우고 있는 폭낭은 건너편 나무와 악수하고 있었다.

　나는 저 할아버지 폭낭에게 물어보고 싶은 것이 많았다. 내게도 답을 해 줄까. 폭낭의 출생일은 '1949년 봄'이고 한라산이 그의 모태이고 토벌 나갔다가 누가 캐서 이곳에 옮겨 심었다고 명패가 말해주었다. 딸아이와 둘이 성터로 들어섰다.

"엄마, 이곳 낙선동 성터는 언제 무엇 때문에 쌓은 건가요?"

"여기에 성을 쌓게 된 거는 4·3 때 선흘리 마을이 토벌대 놈들에게 불타버렸대. 그래서 동네 사람들이 동굴이나 들판에나 움막을 짓고 살았다고 해. 해변 마을로 소개해 간 사람들도 붙잡혀 많이 죽게 되었다고 해."

"네. 방송에서 그 얘기 보긴 했는데. 선흘리는 언제 초토화가 되었는가요?"

"1948년 11월 21일 날 마을이 전부 불에 태워지면서 주민들은 소개를 간 거지."

"마을이 불에 타서 다른 동네로 소개해 갔는데 거기서도 희생이 되었나요?"

"소개민도 많이 죽었다고 해."

"성은 언제부터 쌓았는가요? 오래 걸리진 않았나요?"

"1949년 봄에 시작해서 한 달 동안 쌓았는데 고생은 말도 다 못했다고 해."

이 성은 주민들과 산사람들과 연계를 막고 통제하기 위해 만든, 전략촌이었다. 산으로 간 사람들이나 무장대와 접촉을 막고 주민들을 감시하기 위해 만든 성이었다.

"성을 쌓을 때도 경찰이 감시했다고 하면 집단수용소 같은 것이었겠네요?"

"그렇지. 이 안에 경찰 초소가 있었으니. 수용소나 같지 뭐."

"성을 쌓을 때는 주민들을 강제 동원한 건가요? 성안에 경찰 초소가 있었다면 이 안에서도 감시를 또 받았다는 말이네요?"

"그렇겠지. 노인들과 국민학생들까지 등짐을 져서 돌을 날라 어깨와 등가죽이 다 벗겨졌다고 하대. 경찰 초소가 있어서 경찰들 밥까지 해대느라 엄마들이 얼마나 많은 고생을 했겠니?."

"그런데 이 많은 돌들은 어디서 갖고 와서 쌓았을까요?"

"전부 밭담에서 산담에서 갖다 날랐다고 해. 돌이라고 생긴 건 다 갖다 날랐대."

"제가 이번에 답사하면서 느낀 게 있어요. 여러 집을 봤는데 돌담이 별로 안 보이고 벽돌로 담장을 한 집이 많더라구요. 궁금했거든요."

"그게 전부 4·3 때 무장대 막는다고 성을 많이 쌓았는데 그때 다 갖다 날라서 돌담 울타리가 많이 없어진 거라고 하대."

여행하면서 보니 밭담이며 집 울타리에 돌담이 아닌 시멘트 담이 많이 보였다.

"그런데 엄마, 성터에서 보초도 섰다고 책에서 봤는데 보초는 누가 섰어요?"

"16살 이상 된 여자들과 노인들이 섰대. 장정들은 이미 끌

▲ 낙선동 성터 함바집(2020. 11.)

려가서 많이 죽은 상태고 살아남은 청년들은 6·25 전쟁 때 자
원입대하고 사람들이 없었으니까."

당시 보초를 서던 여성들은 경비에 소홀하거나 졸았다는 이
유로 경찰들한테 혼난 적도 많고 심지어는 두들겨 맞기도 했
다. 어린아이들까지 돌을 져 날랐다니 상상하기도 힘든 일이
었다.

성의 규모는 대략 가로 150m, 세로 100m, 높이 3m, 폭
1m로 총 500여m의 직사각형이었다. 고학봉 씨는 '성 밖으로
너비 2m, 깊이 2m 정도의 도랑을 파서 가시덤불을 놓아 폭

도의 침입을 막으려고 했다.'라고 증언했다.

1949년 4월 성이 완공되자 선흘리 주민들은 겨우 들어가 잠만 잘 수 있는 함바집을 짓고 집단적으로 살았다. 일종의 수용소나 마찬가지였다. 성밖 출입도 통행증을 받아야 가능했고 밤에는 통행금지였다. 성을 지키는 보초는 16살 이상의 여성과 노약자의 몫이었다. 그들은 낮엔 밭에서 일하고 밤엔 성을 지키는 고단한 생활을 이어갔다.[48]

그때 보초를 섰던 아이들이 지금은 팔순이 넘은 할머니들이 되었다. 책에서 본 한 할머니의 증언으로는 당시 보초는 보통 두세 명씩 섰다고 한다. 보초 서다가 졸리면 잠을 깨우려고 "1번 초소가 '주의 전달'하면 2번 초소가 '주의 전달'하며 외쳤고 또 암호도 있었다."라고 했다. 경찰이 왔을 때 암호를 못 대면 큰일 나니까 자꾸 불 피운 곳에서 암호를 묻고 돌에다 살짝 써 놓기도 했단다. 기억이 안 나면 몰래 보기 위해서였다.

"엄마, 그때는 시계도 없었다면서 어떻게 교대 시간을 알고 교대를 했을까요?"

딸아이가 느닷없는 질문을 한다. 나처럼 딸도 그 부분이 궁금했던 모양이다.

"그땐 시계가 없어서 달의 위치를 정해놓고 바꾸고, 달이

---

48 제주 4·3 아카이브. 〈출처: 제주 4·3 연구소 『4·3 유적Ⅰ』〉

없는 날은 어느 집 닭이 울면 교대 시간을 바꾸기도 했대. 닭 우는 소리만 기다리며 섰대.[49]"

나는 책에서 본대로 딸에게 알려주었다.

보초 교대는 하루에 보통 네 번이나 다섯 번 정도 했다고 한다.

딸과 나는 함바집 빗장을 살며시 밀며 안을 들여다보았다. 해 질 무렵이라 안이 잘 보이지 않았다. 그때 딸아이가

"엄마, 어떻게 이곳에서 마을 사람들이 다 같이 생활하였을까요?"

"살기 위해 어쩔 수 없이 살았던 거겠지. 이곳에서 생활한 증언자 할머니의 말이 돼지우리 같았다고 해. 칸을 나누어 놓았지만 생활도 힘들었다고 해."

"정말 힘들게 지냈겠네요? 이 안에서 선흘리 주민이 다 같이 살았던 거에요?"

"그랬대. 방도 부엌도 없고, 자다 보면 솥단지 밑으로 머리가 들어가고 그랬대."

1956년 통행 제한이 풀리면서 선흘리 주민들은 원래 마을이 있었던 자리로 돌아가 집을 지어 살았고, 일부는 성안에 정착해 오늘날의 낙선동을 이루고 있다.

---

49 제주 4.3 아카이브 〈출처. 제주 4·연구소, 「4·3 장정」〉 내용 일부 재구성.

낙선동 성터 입구 좌측에는 높고 둥근 원두막 같은 정문 초소가 있었다. 당시 16세 이상인 여성들이 대검과 죽창을 들고 암호를 대며 보초를 섰던 곳이다. 그곳을 지나 집으로 들어가다 보니 기다란 함바집이 있었다. 함바집으로 가는 중간에 지서가 있고 중간중간에 통시도 있었다. 함바집은 길게 돌담을 쌓은 후 군데군데 나무기둥을 세우고 지붕에 새(띠풀)를 덮어 완성했다. 선흘리 주민 250세대는 5년간 이곳에서 살았다.

함바집과 경찰지서 그 안에 집들을 차례로 둘러본 후 우리는 성을 둘러보았다. 성은 꽤 높았다. 자료집에서 본 것대로 높이가 족히 3m는 되어 보였다. 천천히 성벽을 둘러보는데 거기에는 돌절구가 있었다. 또 얼마쯤 가니 이번에는 주춧돌 같은 것도 보였다. 얼마나 많은 돌들을 갖다 날랐기에 집에 있던 돌절구와 주춧돌까지 갖다 날랐을까. 느린 걸음으로 성벽을 따라 걷는데

"엄마, 여기 와 보세요. 이 성벽엔 구멍이 나 있어요."

"정말이네? 이건 총구 아닐까? 망보면서 총을 쏘려고 만든 거 같은데?"

"그런 것 같기도 해요. 무장대를 쏘기 위한 거 같아요."

성벽 중간중간에 총구가 있었고, 성벽 위에는 어른의 머리만 한 돌이 하나씩 얹힌 곳도 있었다. 사람처럼 보이게 위장한 것이다.

이곳에 산사람들이 가끔 성 위로 나타나서 연설하고 새벽 닭이 울 때면 사라지곤 했는데 더러 토벌대의 수류탄에 맞아 숨지기도 했다.

성을 한 바퀴 돌고 다시 할아버지 폭낭 앞으로 나왔다. 어느새 저녁노을이 폭낭의 허리를 붉게 물들이고 있었다. 폭낭은 여전히 건너편에 있는 나무와 잎을 섞고 악수하고 있었다. 그도 지금까지 70년 이상 버티느라 힘들었으리라. 이제는 서로 용서하며 살자고, 죽기 전에 서로 화해하며 살자고 말하는 듯했다.(2020)

▲ 낙선동 성터 입구(2020. 11.)

▲ 낙선동 성터 입구(2020. 11.)

알뜨르 비행장과 예비검속 학살 터 섯알오름

【이야기 하나】

동광리 '헛묘' 입구에서 섯알오름으로 가기 위해 택시를 기다리고 있었다. 가늘게 내리던 비가 점점 굵어지고 있었다. 딸이 카카오택시를 예약했다. 카카오택시는 노선표와 요금을 미리 보여준다. 잠시 후 카카오택시가 왔다.

"섯알오름으로 가 주세요."

"이렇게 비도 오는데 두 분이 섯알오름으로 가시는 거예요?"

택시 운전기사가 백미러를 보며 말을 걸었다.

"네. 섯알오름으로 가는 중입니다."

"비도 오는데 이 시간에 섯알오름으로요? 혹시 4·3 유가족이신지요?"

"아뇨. 4·3에 관한 글을 쓰는 중인데 자료수집차 섯알오름에 가보려고요."

"그러세요? 글 쓰시는 분이신가 봐요? 어디서 오셨는데요?"

"네. 경기도 광명에서 왔습니다."

"아유 반갑습니다. 4·3에 이렇게 관심이 있는 분을 만나다니. 어떤 장르의 글을 쓰시는데요? 옆에 계시는 분은 따님이신가 봐요?"

"네. 저희 엄마가 시도 쓰시고 수필도 쓰셔요."

"시를 주로 쓰는데 이번에는 4·3사건에 관한 논픽션 쓰는 게 있어서 4·3유적지 탐방을 하고 있습니다."

택시 기사님은 무척 반가워했다.

"모녀가 같이 여행하시는 게 보기에 좋습니다."

4·3사건 논픽션을 쓰기 위해 답사차 왔다고 하니 그분은 유가족이라며 자기 얘기를 들려주었다.

"저희 할아버지가 4·3사건의 희생자거든요. 4·3 때, 할아버지가 스물한 살 때 군인에게 총 맞아서 돌아가셨대요. 아버지를 낳고 일주일 만에 돌아가시고 아버지는 홀어머니 밑에서 살아오신 거죠. 갓난아기 때 할아버지가 돌아가셨으니 할머니와 아버지의 고생은 말도 못 했고, 먹고 살길이 막막했대요. 아버지는 많이 배우지도 못하고 막일도 하셨다고 해요. 그땐 4·3 피해자라는 말도 못 하고 살았지요. 아버지도 저희 대에서도 연좌제에 걸려서 저는 공부는 좀 했지만 공무원도 못하고 제가 원하던 경찰직에 시험도 칠 수가 없었어요. 응시 자격 자체가 주어지지 않았거든요. 할아버지가 4·3 때 돌아가셨다는 것 때문에 우리 가족은 죄 없이 빨간 줄이 그어져서 취업 길이 막혔지요. 그런 사람이 제주도에 한둘이 아니에요. 그래서 택시 운전을 시작했어요."

"마음이 아프네요. 좋아하는 경찰시험도 못 치고 속상하셨겠어요."

"어떻게요, 시절이 그랬으니 할 수 없이 포기하며 살았던 거죠."

"비학 동산인가 개수동 주민들도 그곳 출신이라면 빨갱이로 몰려 공무원이나 경찰시험 칠 자격을 안 줬다고 하대요. 그 동네에서는 살기 위해 도망간 남자를 못 찾으면 남은 가족을 대신 죽였다면서요? 토벌대가 25세 된, 만삭의 임산부를 알몸으로 팽나무에 매달아 대검으로 찔러 죽였고요?"

"어떻게 그거까지 알고 계세요? 대단하셔요. 그런 일이 있었다고 합니다."

"책에서도 보고 텔레비전에서도 보고, 강요배 화가님의 그림에서도 봤어요. 저 그거 보고 많이 아팠어요. 그래서 더 이 글을 써야겠다 생각했습니다."

"네. 4·3에 관심이 정말 대단하시네요. 지금에야 4·3에 대해 국가 폭력이라고 진상이 드러나서 명예 회복했지만, 억울하게 죽은 사람도 많고 후손들까지 연좌제로 고생한 사람들이 얼마나 많은지 모릅니다."

중년쯤으로 보이는 택시 기사는 삶을 달관한 듯, 차분한 어조로 말했다.

내릴 때가 다 되어 좋은 말씀 들려주셔서 감사하다고 인사를 했다.

잠시 나는 4·3사건은 덫이라는 생각이 스쳤다. 당시 제주 사람이라면 누구도 쉽게 벗어날 수 없었던 4·3의 덫. 피해자이면서도 그 누구도 입 밖에 쉽게 꺼낼 수도 없었던 '4·3사건'이라는 말. 단지 제주도에 살았기 때문에 휩쓸릴 수밖에 없어 희생당한 분들이 얼마나 많았을까. 벗고 싶어도 스스로 벗을 수도 없는 덫이었다. 택시 기사는 4·3사건의 질긴 덫에 걸려 있었다.

"아직도 4·3사건에 대해 잘 모르는 사람들이 많아요. 4·3의 피해자들은 빨갱이인 줄로 알고 있는 사람들이 아직 있어요. 우린 그냥 민간인 피해자일 뿐인데 말입니다."

그는 자그마한 명함 한 장을 내게 주면서

"혹시 도움이 필요하시면 전화 주세요. 4·3에 관한 사례 얘기도 필요하시다면 해 드리도록 하겠습니다."

"네. 그래 주실 수 있겠습니까? 감사합니다."

택시는 알뜨르 비행장 끄트머리에 섰다. 섯알오름이 그 끝에 붙어 있다. 검은색 택시의 번호판 끝자리가 '××43'이라고 적혀 있었다. 오래도록 잊히지 않을 숫자 같다.

하늘은 뿌옇게 가라앉고 비는 계속 내리고 주변은 어두워지고 있었다. 배낭 속에서 일회용 비옷을 꺼내 입었다. '섯알오름'이라는 이정표 옆에서 사진을 찍고 섯알오름으로 향했다.

옛 한림 어협 창고에 갇혔다가 재판도 없이 이곳 섯알오름 탄약고 터로 끌려갔던 많은 사람들. 제 죽음을 직감하고 달리는 트럭 위에서 옷가지며 검정 고무신을 던지며 유해라도 거둬달라고 흔적을 남겼던 곳이 이 길이라지?

그 장면을 상상하며 추적추적 내리는 빗속을 딸과 함께 걸었다. 그때도 비가 내렸겠지. 1950년 칠월 칠석날 장마철인 그때는 얼마나 많은 비가 왔을까. 그때의 원혼들이 아직 이곳을 못 떠난 것은 아닐까. 그들의 울음이 비가 되어 초겨울인 이 날씨에도 내리는 것일까. 마음이 저절로 숙연해졌다.

모슬포에는 태평양 전쟁과 관련한 문화재가 많이 있다. 그중에 알뜨르 비행장에 설치된 비행기 격납고와 섯알오름에 가기로 했다.

모슬봉 남쪽으로 해안 마을까지 동서로 나뉘어진 대정면 상모리와 하모리를 대개 모슬포라 한다. 모슬포는 일제 강점기 때 미군의 제주 상륙을 방어하고 '결7호' 작전을 수행하기 위해 일본군들이 가장 많이 주둔한 곳으로 일본군의 흔적이 가장 많이 남아 있다. 이곳은 한국전쟁 당시 제주도의 군사적 요충지 역할을 했던 곳이다. 그런 곳이 어떻게 4·3 이후 큰 학살 터가 됐을까.

나지막한 오름으로 올라서니 '섯알오름 예비검속 희생자 추모비'가 보인다. 제단 위에는 술잔이 하나씩 놓인 스텐 제기 네 개가 있었다. 그 앞에는 검정 고무신이 한 켤레씩 놓여 있었다. 검정 고무신을 보는 순간 울컥했다. 두 개의 향초 옆으

▲ 섯알오름 추모비(2020)

로 귤과 소주가 있었고 향불이 식어가고 있었다. 우리도 향불을 피우고 절을 했다.

제단에서 절을 올리고 나와 딸은 섯알오름 학살 터로 갔다. 오름 주변으로는 큰 둘레길처럼 쇠로 둘러쳐진 울타리가 있었다. 그 안쪽으로는 두 개의 커다란 웅덩이가 있었는데 하나는 컸고 하나는 그보다 조금 작았다. 그곳이 집단학살 터였다. 웅덩이 주변으로는 겨우 생명을 부지하는 잡초들이 있었다. 웅덩이 가장자리엔 스테인리스 울타리가 쳐져 있었다. 이곳에서 그 많은 사람들이 일시에 총살당한 거라지? 나는 4·3 진상 자료집과 제주방송에서 본 영상들을 기억하며 현장답사를 하고 있었다.

'섯알오름 탄약고 터'는 일본군이 1944년 말부터 알뜨르 지역을 군사 요새화하는 과정에 만들어진 일본군 탄약고가 있었던 자리이다. 당시 일본군은 야트막한 섯알오름의 내부를 전부 파내어 탄약고로 사용했으며, 탄약고 위쪽 오름 정상 부근에는 두 개의 고각포 진지를 만들었다. 일제 강점기 때 제주도민들이 일제에 강제동원되어 구축한 도내 최대 탄약고 터가 이곳이었다. 이 탄약고는 일제가 패망하면서 미군에 의해 폭파됐다. 이때 오름의 절반이 함몰되면서 큰 구덩이가 만들어졌고 고각포 진지 하나도 같이 폭파되어 사라져버렸다. 이때 생긴 커다란 구덩이가 한국전쟁 발발 직후 예비검속된 주민을 학살하는 총살장으로 활용됐다.

4·3사건이 사그라들 무렵 왜 주민 대학살 사건이 일어났을까. 한국전쟁 직후, 이승만 정권의 계엄 당국에서는 전국적으로 보도연맹에 가입한 사람들을 체포, '예비검속' 했다. 예비검속이란 범죄를 저지를 개연성이 있는 사람을 미리 구금하는 것을 말한다.

이곳 한림면에서도 한림 지서와 무릉 지서에서 예비검속이 이루어졌다. 이 때 제주지구 계엄사령부에서도 820여 명의 주민을 검속했다. 당시 모슬포경찰서 관내 한림면, 대정면, 안덕면 등지에서도 374명이 검속됐는데, 이들 중 132명이 대정면 상모리 절간 고구마 창고에 수감됐다가 1950년 8월 20일 (음 7월 7일) 계엄당국에 의해 '섯알오름 탄약고 터'에서 새벽 4~5시경 총살당했다. 한림지서에 수감되었던 63명도 저녁 대정지역으로 옮겨져 이날 이들보다 앞선 새벽 2시경 집단 학살당했다. 이때 희생된 사람들은 당시 모슬포 경찰서(현재 한림읍, 대정읍, 한경면, 안덕면)에 거주하던 농민, 마을유지, 교육자, 공무원, 우익단체장, 학생들이었다.[50]

웅덩이를 들여다보고 있자니 물속에서 원혼의 소리가 들려

---

50   제주 4.30아카이브에서 인용. 〈출처: 제주4·3연구소, 「4·3역사의 길 조성 기본계획 수립 용역보고서」(2015)〉

▲ 섯알오름 집단학살 터(2020. 11)

▼ 섯알오름 집단학살 터, 큰 웅덩이(2020.11)

오는 듯했다. 두 개의 웅덩이 사이에는 얼기설기 철근이 박힌 탄약고 콘크리트 잔해물이 있었다. 그 옆에는 이곳을 일본군 이 탄약고로 사용했던 장소라는 것과 유해발굴 일시와 발굴 유해 안내문이 붙어 있었다.

백조일손묘역 유해발굴 터: 만벵디묘역 유해발굴 터
◀ 발굴일시: 1956년 5월 18일 : 발굴일시 : 1956년 3월 29일 ▶
발굴유해 : 149구:발굴유해: 62구

▲ 섯알오름 학살터 유해발굴 현장(2020.11)

만벵디 묘역 희생자들은 당시 한림 지서와 무릉 지서에 검 속됐던 사람들로 당시 한림면 어업창고에 구금되었다. 이들은 1950년 음력 7월 7일 새벽 2시에 섯알오름 탄약고 터 작은 구덩이에서 학살됐다. 같은 날 새벽 4~5시경에 백조 일손 묘역 희생자들이 큰 구덩이에서 학살됐다. 이들은 모슬포 지역에서 수감돼 있던 사람들이었다.

왜 이리 늦게 유해발굴한 것일까. 사건은 당일 새벽, 유족들에 의해서 발각되고 시신 인도를 시도하였으나 당시 계엄군경이 무력으로 저지하였고, 이곳을 출입금지시켰다. 1956년 3월 29일 새벽 한림지역 유족들이 나서서 시신을 수습하여 한림읍 금악리 '갯거리 오름' 남쪽 만벵디 장지에 안장하였다.

한편, 대정면, 안덕면 유족들도 1956년 5월 18일 끈질긴 탄원으로 당국의 허가를 받아 149위를 수습하여 그중 132위를 상모리 지경 '백조일손지지(百祖一孫之址)', 에 안장하였다. 그랬던 것이 1961년 5·16쿠데타 당시 23위 강제 이장되어 현재 109위 남아 있다.[51]

풀숲에는 '시신 수습되어 만벵디 묘역에 묻힘', '시신 수습되어 백조일손지지 묘역에 묻힘'이라고 새겨진 비석이 바닥에 누워 있었다.

사건이 발생한 지 만 6년여 후에나 시신을 수습했다는 것에 놀랐다. 텔레비전에서 본 유가족들의 증언이 떠올랐다. 시

---

51 섯알오름 안내문 현판 일부 인용.

신 수습허가가 나서 수습하러 갔더니 형체도 알 수 없었고 살은 다 문드러지고 누가 누구의 뼈인 줄도 몰라서 칠성판에 두 개골 하나에 팔다리를 맞춘 후에 묻었다는 말이 생각났다. 한 날 한 시 한곳에서 죽어 '백조(百祖), 백 할아버지의 뼈가 엉켜서 한 자식이 되었다.'고 '百祖一孫之址'라고 했다. 이보다 더 한 비극이 또 있었을까.

▲ 섯알오름 학살 터에서 발견된 가해 실탄(2020. 11.)

잔해물 콘크리트에 녹슨 쇳덩이가 군데군데 박혀 있었다. 저 붉은 녹물. 희생자들의 가슴에 흘러내리는 핏물이리라. 웅덩이에서 뒤로 물러나려고 하는데 딸아이가 갑자기 큰 소리로 말했다.

"엄마, 여기 가해 실탄이 있어요."

"뭐라고? 그럼 가까이 가지마. 만지지 마."

"괜찮아요. 그때 당시에 썼던 실탄인가 봐요."

나는 실탄이 있는 쪽으로 갔다. 실탄은 두 웅덩이 사이에 잔해물에 걸려 있었다. 촘촘하고 하얀 그물망에 들어 있는 실탄은 육안으로도 보였다. 들어보니 제법 묵직했다. 수십 발의 탄피가 그곳에 들어 있었다. 그물망 위에는 두꺼운 종이에 '가해 실탄'이라고 크게 적혀 있었다. 끔찍하다. 이 웅덩이 가장자리로 그 많은 사람을 둘러 세워서 일발에 총살했다는 것이다.

비는 추적추적 내리는데 우리는 섯알오름 학살 터에서 가해 실탄을 보고 있었다. 마음이 우울해지고 갑자기 으스스한 느낌이 들었다.

"엄마, 왜 갑자기 나가자고 해요? 무서워졌어요?"

"다 봤잖아. 이제 나가자. 빗물이 찬 웅덩이를 보니 좀 그래."

섯알오름 위로 한 바퀴 돌기 위해 학살 터를 빠져나왔다. 바람은 불고 비는 계속 내리고, 사람들은 안 보이고 을씨년스

러운 날씨였다.

이곳이 텔레비전에서 증언자가 말하던 그 장소이다. "사람
들을 섯알오름 구덩이 가장자리로 줄을 세워 안쪽을 보게 한
후 총살했다."는 그곳이다.

웅덩이가 있는 곳에서 빠져나와 섯알오름을 한 바퀴 걸었
다. 이십 미터쯤 가니 안내판이 있었다. 거기에는 학살날짜와
학살 내용이 적혀 있었다.[52]

안내문을 읽고 나니 한동안 멍했다. 멍하니 오름 아래에 웅
덩이를 내려다보고 있었다. 방송에서 본 증언자의 말과 안내
판의 문구가 같았다.

거무칙칙한 저 물웅덩이 속에서 만 6년 동안 암매장되었을
주검들을 생각하니 내 마음도 잿빛이 되었다. 핏물도 눈물도
빗물에 씻겨 갔으리. 바람도 햇살도 구름도 슬피 울다 갔으
리. 질긴 잡초들이 나무와 새들이 지켜봤으리. 웅덩이는 날마
다 울컥울컥 제 고통을 붉게 토해냈으리.

시신조차 마음대로 수습할 수 없었다니 유가족들의 고통은

---

52 "이곳은 1차 1950년 7월 16일 해병대 모슬포부대 5중대 2소대 분대원과 2차 8월
20일(음 7월 7일) 해병 3대대 분대장급 이상 하사관들에 의해 민간인을 학살한 장소
이다. /…/ 중대장은 "한 사람이 한 명씩 총살하라"는 명령에 대원들이 일렬종대로 대
기하고 있다가 GMC트럭에서 내리는 민간인을 이곳호 가장자리로 끌고 와서 한 명씩
세워놓고 지휘관이 지켜보는 가운데 총살해 시신을 호 안으로 떨어지게 한 장소이다
(총살집행참여자 진술)." 섯알오름 안내판의 내용 일부 인용.

또 어땠을까. 삶과 죽음의 교차로에 있었을 그들. 4·3은 바로 그 삶과 죽음의 교차점 아니었을까. 살아도 산 것 같지 않은 나날이었을 것 같다.

검붉은 웅덩이가 황토 흙탕물이 될 때까지 만 6년이 걸렸다. 이제라도 희생자들이 영면에 드시기를 염원하며 한 번 더 제단에 향불을 피웠다.(2020)

【이야기 둘】

택시를 타고 섯알오름으로 향했다. 섯알오름이 가까워지자 너른 들판을 지나서 가게 되었는데 그곳이 알뜨르 비행장이었다. 그곳에서 내렸다. '알뜨르'는 아래에 있는 너른 들판이라는 뜻의 제주 방언이다. 이름은 참 예쁜데 이곳의 사연은 아프다.

알뜨르 비행장은 서귀포시 대정읍 상모리 1489번지 외에 있는 구조물로, 1937년 2차 대전 당시 일본군들이 제주도민을 강제 동원하여 건설한 전투기 격납고이다. 당시 20기가 건설되었지만, 지금은 19기가 원형 그대로 보존되어 있고 1기는 잔재만 남아 있다. 이 유적은 제주도를 일본군의 출격 기지로 건설하려 했음을 보여주는 지상 건축물로, 진지를 구축하려 했던 인공 동굴은 많이 있으나, 다량의 지상 시설물을 집중적으로 보여주는 예는 이것이 유일하다.

갑자기 비가 흩뿌리기 시작했다. 일회용 비옷을 꺼내 입고 딸아이와 나는 들판 한쪽에 있는 커다란 건물 쪽으로 뛰었다. 멀리서 보면 마치 상어의 아가미처럼 벌어진 캄캄한 입구. 언덕처럼 보이는 그곳으로 비를 피하기 위해 달려갔다.

이 구조물은 일제 강점기에 쓰이던 전투기 격납고이다. 제주도는 일본과 중국, 필리핀과 한반도를 잇는 위치에 있어서 한·중·일 3국의 지정학적, 군사적 요충지이다. 태평양 전쟁 당시 연합군이 1944년 필리핀에 상륙하면서 일본으로선 제주도의 방어가 초미의 과제였다. 일본은 연합군이 제주도를 통해 본토를 공격할 수 있다는 시나리오를 가상했다. 이에 제주도는 '결 7호 작전'의 주요 군사거점이 되었다.

거친 밭을 걷어내고 콘크리트를 지어 나르며 격납고를 짓는 것은 이 일대 제주도민들의 몫이었다. 비행장을 만드느라 대대로 농사짓던 땅도 빼앗기고 강제노역까지 당해야만 했던 주민들. 일제는 하루 5천여 명, 연 15만 명의 주민들을 동원해서 알뜨르 비행장을 만들었다.

제주도민이 군사시설 구축에 동원된 형태는 주로 면사무소에서 통보를 받고 1, 2개월 씩 마을 단위로 반복 교대하는 방식이었다. 10대들의 경우 농사일을 해야 하거나 아픈 부친을 대신해 나오는 경우가 많았다. 그 당시 지어진 구조물이 아직까지 건재하다니 놀랄 따름이다.

격납고는 콘크리트와 자갈 등으로 튼튼하게 지어졌고 그 위에는 위장하기 위해 나무와 돌을 심어 놓았다. 얼핏 보면 작은 언덕처럼 보이기도 한다. 나도 그때까지 언덕인가 싶었다. 지금도 격납고의 안쪽의 천장이나 벽면 등에는 거푸집의 흔적들이 남아 있다. 태평양 전쟁의 막바지, 수세에 몰리던 일본군은 저 제로센 전투기를 이용해 특별한 작전을 실행하게 되었던 것이다. 다시 말해 제로센을 타고 출격한 조종사들은 미 해군의 함정이 보이면 그대로 전투기와 함께 돌진하여 함선을 파괴하는 이른바 카미카제(神風) '독고다이'라는 무모한 작전을 펼쳤던 것이다. 이 격납고가 자살공격의 특명을 받은 '카미카제 특공대'의 출격지가 되었고 군사거점이 되었다.

격납고란 무엇인가. 비행기를 세우는 곳이다. 1920년부터 알뜨르 비행장에서 쓰였는데, 알뜨르 비행장은 1937년 중일 전쟁이 발발할 때, 중국 폭격을 위한 큰 규모로 확장해서 사용되었다. 알뜨르 비행장은 일본군이 제주도에 건설한 군사시설로 당시 제주도의 비행장들은 일본 본토의 후방기지 성격이 강하였다. 그러나 1945년 5월 이후 중국에서 제5 항공군이 진격해오면서 본토 결전을 위한 작전 준비지역으로 전환되었다. 알뜨르 비행장 건설로 인해 저근개, 골못, 광대요 등의 마을이 사라지게 되었다. 처음에 약 60m² 로 지어졌으나 1937년 7월

▲ 격납고(2020. 11.)

중일 전면전이 전개되면서 130만m² 로 확대되었다.

1945년까지 격납고는 38기가 지어졌는데 지금도 19기가 거의 온전하게 남아 있어서 그중 10기는 2002년에 근대문화유산 등록문화재로 지정되었다. 이 격납고가 자살공격의 특명을 받은 '카미카제 특공대'의 출격지가 된 것이다. 이후 남북전쟁 당시에는 남한의 동맹군인 미 공군의 기지로 쓰였다. 당시에 유명했던 일본의 전투기 모형을 만들어 놔서 역사적 의미를 기리고 있다. 지금은 들판 위에서 나지막한 그림자를 드리우면서 역사의 아픔을 전해주고 있는 격납고.

알뜨르 비행장은 일본 본토에서 가장 많은 격납고를 가진

모바라 항공기지(11기)보다도 거의 두 배나 많은 격납고를 가지고 있다. 그만큼 군사적으로 중요하게 여겼음을 알 수 있다.

저 넓은 들판이 일본군의 비행장 활주로였다니. 멀리 산방산이 보였다. 밭들 사이로 넓은 들판이 나타났다. 과거에 알뜨르 비행장의 활주로로 쓰였던 곳이다. 주민들이 배추를 동여매는지 갓을 수확하는지, 밭 여기저기에서 분주한 모습들이다. 평온한 이곳에 자살특공대의 전투기들이 날아올랐다고 생각하니 아찔하기까지 했다.

알뜨르 비행장 격납고와 활주로 사이에는 일제 군사시설인 지하벙커가 있다. 너비 약 20미터, 남북방향으로 길이 약 30

▲ 비행기 활주로가 밭으로(2020. 11.)

미터인 이곳은 일제가 비행장 지휘소 또는 통신 시설로 사용했을 것으로 추정한다. 지하벙커는 1926년 중일전쟁을 계기로 알뜨르 비행장이 확장되면서 건설하였다. 현재는 등록문화재 312호로 지정되었다.

알뜨르 들판 사이사이에 서 있는 돔 형태의 격납고들. 콘크리트 구조물인 그 위에는 나무와 풀로 위장해 마치 언덕처럼 보인다. 가슴이 답답해지고 국력에 대해 생각하게 된다. 일본인, 그들은 대체 남의 나라에서 무슨 짓을 했단 말인가. 일본인에 의해 우리 선조들은 얼마나 많은 고통과 핍박을 받았을까, 생각하니 안타까움과 분노가 일어난다. 일본 바로 알기와 역사의식을 새로 고취해야겠다는 생각이 들었다.

격납고를 벗어나서 섯알오름으로 가는데 섯알오름 입구에 커다란 대나무 조형물이 서 있다. 파랑새를 안고 있는 소녀의 둥근 모습이다. 대나무를 엮어서 원통형으로 만든 높이 9미터의 소녀가 파랑새를 안고 서 있다. 파랑새를 통해 평화를 상징한 작가의 염원이 담겼으리라. 대나무 소녀상 안에서 새들이 푸드덕푸드덕 오르내린다. 그곳이 자기들의 집인 듯, 평화의 메시지를 전해주는 듯 새소리가 들려왔다. 나는 한참 동안 새소리를 들으며 둥근 대나무 소녀와 파랑새를 올려다보고 있었다.(2020)

▲ 대나무 조형물(2020.11)

선인장 가시처럼 살아야 했던

    삼 년 전에 제주 4·3 다크 투어 이후 이번에 제주도를 다시 찾게 된 데에는 '진아영 할머니 삶터'와 몇 군데 4·3 유적지를 더 보기 위해서였다. 2020년 11월 중순, 기행 당시에 못 가 본 곳이 몇 군데 있어서 이듬해에 한 번 더 제주도를 찾을 생각이었는데 못 갔다. 나에게는 단순한 여행이라기보다는 4·3 유적지 답사라는 면이 강하다.

    이번에는 유채꽃 피는 4월, 4·3 행사일에 맞춰 제주도에 가고 싶었다. 오붓한 다크 투어가 좋아서 3년 전처럼 이번에도 딸과 일정을 맞추는데 딸의 일정이 빡빡하다.

    딸은 여름 휴가 때 가기를 원했으나 나는 이 책을 완성하려면 이번에는 꼭 4·3 행사에 참여할 거라고 고집했다. 꼭 쓰고 싶은 두세 꼭지가 더 있었기 때문에 책을 이대로 출간할 수가 없었다. 그러자 딸은 여행 반, 업무 반, 반반의 일정으로 내게 맞춰 준 것이다.

제주도에 도착한 이튿날 아침 일찍 승용차를 타고 월령리로 향했다. 가는 길에 식당에서 흑돼지 김치찌개와 고등어구이를 먹고 다시 달렸다. 초보 운전자인 딸아이는 운전면허 연수 삼아 운전대를 잡고 나는 실기 강사처럼 조수석에 앉았다. 아들은 뒤에서 백미러를 보며 또 다른 눈이 되어 주었다. 마치 도로 주행 코스 연습하는 것 같았다.

한적한 제주 외곽을 한참 달리다가 내비게이션이 안내하는 대로 월령리로 들어섰다. 파랗게 펼쳐져 있는 바닷가에 납작 엎드려 있는 마을이 순해 보인다. 자동차를 주차하고 마을 안으로 들어서니 낮게 둘러쳐진 담장에 바람만 살짝 다녀가고 사람들이 안 보인다. 마을 사람들은 물질하러 갔을까. 구멍 난 돌담을 지나가니 군데군데 제법 크고 굵은 선인장이 우리를 반겼다. 마을이 온통 선인장이다. 처음 보는 '백년초'라는 선인장들이다.

백년초를 구경하며 마을 안으로 자꾸 들어가니 이정표가 보인다. "월령 포구, 선인장 식당, 월령리 사무소, 무명천 할머니 삶터, 야외무대"라고 친절하게 적힌 나무 안내판이 돌담 옆에서 팔을 벌리고 서 있다. 마치 "어서 오세요."라고 인사라도 하는 듯하다.

이정표 근처에 있는 작은 카페에 들러 백년초로 만든 음료를 하나씩 사서 들고 무명천 할머니 삶터를 찾아 걸었다. 백년초는 줄기 모양이 손바닥처럼 넓적하고 컸고 위에 매달린 열매는 자줏빛이 도는 보라색이었는데 가시는 크고 굵었다. 백년초 음료는 예쁜 보라색으로 달콤하고 상큼한 맛이었다. 처음 먹어본 백년초 음료였다.

나는 백년초 음료를 든 채 걸으며 아들과 딸에게 진아영 할머니에 대해 설명했다.

"진아영 할머니를 '무명천 할머니'라고도 하는데 4·3사건이 일어난 다음 해에, 집 앞에서 토벌 경찰이 무장대로 오인해서 쏜 총탄에 턱을 맞아 한평생 힘들게 살다 돌아가셨대. 턱이 없어 맨날 무명천으로 턱을 감싸며 사셨대."

"그래요? 참 안타깝네요. 그래서 무명천 할머니라고 하신 건가 봐요?"

아들이 깜짝 놀라며 물었다.

"그렇대."

"그런데 그 옛날 할머니 이름치고 이름이 참 예쁘네요?"

딸이 말했다.

"그래. 할머니들 세대에는 '자이' '분이' 그런 이름이 많았는데 '진아영'이라는 예쁜 이름을 쓰셨네. '진아영'이라는 이름보다 '무명천 할머니'로 더 많이 불렸다고 해."

나는 마치 해설사처럼 아이들에게 4·3사건에 대해 열심히 설명해주었다.

"할머니가 월령리에 살기 전에는 '판포리'라는 마을에 사셨는데 집 앞에서 그런 일을 당했는데 구사일생으로 살았단다. 턱이 없으니 소화를 못 시키니까 밥을 잘 못 드셨대."

"네. 참 마음이 아프네요. 먹는 것도 마음대로 못 먹고 얼마나 힘들었겠어요."

"그래. 밥보다 죽을 많이 드시니 위장병에 영양실조까지 왔대. 평생 약을 달고 사셨고, 약값을 스스로 해결하기 위해 톳도 따고 품팔이도 하며 살았대."

"네. 힘들게 사셨겠네요. 할머니는 '판포리'라는 데서 이 동네로 이사 오셨나 봐요?"

"응. 부모님이 돌아가시자 언니와 사촌들이 살고 있는 월령리에서 살게 됐대."

무명천 진아영 할머니는 4·3 당시 고향 판포리의 오빠 집에서 농사를 지으며 살아가던 순박하고 평범한 서른다섯의 아낙이었다. 1948년 10월 11일, 이승만 정부는 4·3 토벌의 중심 부대로 제주도 경비사령부(김상겸 대령)를 새로 설치하여 강력한 토벌 정책을 실시한다. 게다가 11월 17일에는 대통령령 제31호로 제주도에 한정된 계엄령이 선포돼 이후 군경의 토벌은 점점 무차별 학살로 변해 갔다. 특히 국군 9연대와 2연대의 교체 시기였던 1948년 12월과 1949년 1월, 2월의 잔인한 토벌에 따른 도민들의 희생은 엄청났고 제주도는 '죽음의 섬'으로 가엾게 존재할 뿐이었다. 바로 이런 상황에서 한림 주둔 2연대(연대장 함병선 대령)와 한림 지서 경찰들에 의해 판포리 토벌이 이뤄졌고, 1949년 1월 무명천 할머니는 토벌대의 총에 턱을 맞고 만 것이다.[53]

　　진아영 할머니 삶터를 찾아가는 동안 돌담에 기대며 살아가는 백년초를 보니 나는 문득 진아영 할머니 생전의 모습을 보는 듯했다. 예쁜 보랏빛 열매를 매달고 온몸을 가시로 무장한 선인장은 돌담 위로 고개를 내밀며 행인들을 쳐다보고 있었다.

　　선인장은 제 몸을 지키기 위해서는 가시를 키워야 했으리라. 예쁜 열매와 크고 넓은 줄기를 보호하기 위해서는 저를 지킬 수 있는 것이 무엇이든 필요했으리라. 그래서 백년초는 '가시'라는 것을 다른 종보다 더 크게 키웠을지도 모른다. 백년초는 가시도 줄기도 커서 담장 밖으로 고개를 축 늘어뜨린 것도 많았다. 백년초도 바깥세상으로 나가고 싶었을지도 모른다. 울 안에 갇혀 지내기가 얼마나 답답했을까. 저들도 넓은 골목길로 나가고 싶어 고개를 빼고 우리와 말이라도 하고 싶은지도 모른다. 나는 잠시 멈춰 서서 백년초와 이야기를 하

53　출처: 한라일보(2008. 7. 22.) 인용.

▲ 월령리에 사는 백년초 1(2023.4.)

▲ 월령리에 사는 백년초 2(2023.4.)

며 친구처럼 같이 사진을 찍었다.

숭숭 구멍 뚫린 돌담에 기댄 늙은 백년초. 4·3사건 때 끌려
나가 소식도 모른 채 자식을 기다리던 부모의 마음처럼 구멍
이 숭숭 난 저 돌들. 어쩌면 진아영 할머니의 가슴에도 저렇
게 많은 구멍이 났으리라. 평생 메꿔지지 않은 가슴으로 살았
을 할머니.

진아영 할머니는 턱이 없어진 이후 상처로 인해 트라우마
가 컸다. 어쩌면 선인장 가시처럼 자신을 보호하며 살았으리
라. 한창 예쁠 서른다섯에 그런 큰 고통을 겪었으니 꽃이 제
대로 열매를 맺을 수 있었을까. 온몸과 마음이 보랏빛으로 멍
들지는 않았을까.

우리는 백년초 음료를 마시며 백년초를 보며 월령리 돌담
길을 걸었다. 어느 집까지 가다 보니 인터넷에서 본 익숙한
그림이 있었다. 나지막한 벽은 연회색으로 칠해져 있었는데
거기에는 "무명천 할머니 길"이라고 씌어 있고 바다 풍경과
진아영 할머니를 상징하는 버선과 다양한 그림이 그려져 있
었다. 그 집 앞에 진아영 할머니 삶터가 있었다. 그런데 이게
웬일인가. 힘들게 이곳까지 찾아왔는데 대문 역할을 하는 정
낭에 세 개의 작대기가 수평으로 걸쳐 있다. 하는 수없이 담
장 밖에서 집을 보는 수밖에 없다. 머릿속으로는 인터넷에서

본 방안 풍경을 떠올리며 밖에서 그저 물끄러미 바라볼 수밖에 없었다.

슬래브 지붕으로 된 작고 초라한 집. 외벽 기둥에는 오래된 계량기가 붙어 있고 그 아래에는 진아영 할머니의 이름이 적힌 작은 문패가 붙어 있다. 외벽 기둥 끝에는 누가 그렸던지 손바닥만 한 새 한 마리가 멀리 바다 쪽을 향하고 있다. 다음 생은 고통받지 말고 새처럼 자유롭게 훨훨 날아가라는 염원을 담았을까.

돌담 밖에서 마당 안을 들여다보니 마당 귀퉁이에 크고 작은 장독 두 개가 솥뚜껑에 덮인 채 놓여 있다. 오랜 세월 비를 맞은 탓일까, 솥뚜껑에 녹이 많이 슬었다. 빈집에 홀로 집 지킴이처럼 서 있는 커다란 장독.

진아영 할머니가 세상을 떠나신 지도 벌써 이십 년이 다 되어간다. 진아영 할머니는 2004년 9월 성 이시돌 요양원에서 생활하다 생을 마감했다.

누가 관리를 해 주는지 돌담 아래에는 작은 화단이 예쁘게 조성되어 있었고 노란 꽃들이 군데군데 피어 방문객을 맞이하고 있었다.

"엄마, 저기 안내판이 붙어 있네요. 들어가지는 못해도 저거라도 사진 찍으세요."

마당 한쪽에는 "진아영 할머니의 삶터"라는 안내판이 세워

져 있었다. 딸의 말에 나는 카메라 줌을 당겨 안내판 사진을
찍었다.

▲ 월령리 진아영 할머니의 삶터(2023.4.)

"여기까지 와서 방안을 못 보니 아쉽네."

"어쩔 수 없죠. 코로나 시국이기도 하니 개방하는 날이 있
는가 보죠."

"그런가 봐. 그래도 이렇게라도 보니 못 본 것보단 훨씬 낫
다. 할머니의 방을 인터넷에서 보니 깔끔하고 단정하게 사셨
던데, 마당이 깨끗한 거 보니 누가 관리해 주나 보다."

"관리하는 사람이 있겠죠. 자원봉사하는 사람들도 있을 테
고요."

"그렇겠지. 할머니는 그런 상처를 입고 난 후 잠시 집을 비

우고 나갈 때도 자물쇠로 집을 안팎으로 잠그고 다녔다고 해. 얼마나 문을 여닫았는지 자물쇠가 반들반들했대."

"상처로 후유증이 컸던가 보네요. 그래도 엄마 여기까지 왔으니 글 쓸 건 있겠네요."

"응. 그 당시 할머니는 아무도 자기 집에 들여놓을 수 없을 만큼 공포가 컸던 거지."

역사의 상처가 이렇듯 개인의 삶을 옥죄고 긴 세월 고통과 후유증을 준 것이다. 우리는 진아영 할머니 삶터 앞에서 사진을 몇 장 찍고 천천히 그곳을 빠져나왔다. 마을을 돌아 나오는데 팽나무와 백년초들이 바람에 손을 흔들며 또 오라고 인사했다.(2023)

▲ 월령리에 있는 팽나무(2023. 4.)

주정 공장 수용소 4·3역사관에서

　이번에 4·3 유적지 2차 답사에서는 주정 공장 옛터에 가 보고 싶었다. 주정공장 옛터에서도 희생자들이 일부 있었지만, 그보다는 수용시설로 이용되었다. 그곳이 어디에 있는지 궁금해졌다. 마침 K 시인님께서 제주4·3평화공원에서 시화전이 열린다는 안내와 함께 4월 3일 오후 4시부터 O 시인님의 특별 해설이 주정 공장 옛터에서 있을 거라고 했다. 특별히 귀한 분이 오실 모양이었다.

　5년 전에 나는 제주방송 '제주 4·3 현장을 찾아서'에서 K 시인님과 O 시인님의 4·3사건에 관한 해설을 본 적이 있다. 그 당시 두 분의 영상과 해설이 나에게 많은 공부가 되었다.

　'주정 공장' 이라면 술을 만드는 공장인가, 하는 생각이 먼저 들었다. 고구마 창고로, 수용소로도 사용했다는데 근처에 바다가 있는지 희생자들을 바다로 수장했다는 자료를 보고 많이 궁금했다.

딸과 나는 아침 일찍 숙소를 나와 제주4·3평화공원으로 향했다. 그곳에서 열 시에 있는 추념식에 참석한 후에 공원 문주에서 전시된 시들을 보는데 K 시인님께서 나를 어디로 안내했다. 시「도령마루 꽃무릇」이 있는 쪽으로 데려갔다. 내 시도 문주에 전시되어 있었다. 가슴이 뭉클했다. 몇 년 전, 그 시를 쓸 때의 아픈 심정이 다시금 느껴졌다. 제주에서 오신 여러 작가님과는 4시에 주정 공장 옛터에서 합류하기로 했다.

K 시인님한테서 주정 공장 옛터 주소를 받아들고 딸과 나는 그곳으로 향했다. 가는 길에 유명한 맛집에서 고사리육개장으로 점심을 먹고 다시 이동했다. 그런데 이상하다. 주소지를 따라가니 공장건물이 안 보이고 산비탈 같은 곳에 아파트 단지가 나온다. 잘못 찾아든 길인가, 다시 주변 아파트를 두 바퀴 돌았으나 역시 그 자리였다.

경사가 심한 길이라 등에서 식은땀이 났다. 초보 운전자인 딸에게 핸들을 맡기자니 다리에 힘이 자꾸 들어가며 브레이크 밟는 시늉을 했다. 그곳이 옛 주정 공장 옛터 지번은 맞는데 그 아래 제주 연안여객터미널에서 주차해야 한다는 것을 뒤늦게 알았다.

주정 공장은 제주항 연안여객터미널과 마주하고 있다. 넓은 횡단보도를 건너면 바로 그곳이 주정 공장 옛터이다. 저

푸른 바다에서 그렇게나 많은 희생자를 수장시켰다니 믿어지지 않았다. 나와 딸은 그저 묵묵히 바다만 바라보았다. 바다도 아무 말이 없다. 일행들을 만나려면 사십 분 정도 기다려야 한다. 나는 딸에게 주정 공장에 대해 알려주고 싶었다.

"이건 극비인데, 오늘 여기 주정 공장 옛터에 문재인 전 대통령이 오신대. 특별 해설이 있을 테니 너도 같이 관람하러 가자."

"그래요? 저도 가고는 싶은데 지금 업무 마무리해서 메일로 보내야 해서요."

"평생에 한 번 만날 수 있을까 말까 한 분인데 안 갈 거야? 넌 일찍 나오면 되잖아."

"그렇긴 하지만. 엄만 예전에 노무현 전 대통령 서거 때 봉하마을에서 봉사활동 하실 때 문재인 전 대통령 만난 적 있잖아요."

"응. 정토원 법당에서 안내하며 봤지."

딸은 문득 14년 전 내가 봉하마을에서 장기 봉사하던 때를 떠올리며 말했다.

"제주도에 사는 다른 시인들도 오신다면서요? 엄마 혼자 가서 재밌게 보고 오세요."

"그래. 그럼 이따가 두 시간쯤 후에 여기 연안여객터미널 주차장으로 다시 와."

딸은 관람이 끝날 동안 근처 카페에서 일하고 있겠다면서 나를 주정 공장 앞에 내려 주고 갔다. 젖먹이를 떼어놓는 듯 불안했으나 달리는 승용차 꽁무니를 보며 주정 공장으로 걸어 갔다.

주정 공장에는 낯익은 사람들이 아직 아무도 보이지 않았다. 나는 슬라브 창고 같은 건물을 열심히 찾았으나 보이지 않았다. 자료집에서 본 낡은 건물과는 달리 현대식으로 아담하게 지어진 건물이 보였다. 주정 공장 옛터에 2023년에 4·3 사건의 역사 현장을 보전하기 위해서 '주정공장수용소 4·3역사관'을 조성하여 운영하고 있었다. 주정 공장 옛터엔 새로 지은 아파트가 들어서서 공장의 흔적을 볼 수 없는 아쉬움이 있었다. 주정 공장의 옛 사진과 자료를 통해서나마 우리는 그 역사적인 사건을 잊으면 안 될 것이다. 일본이 우리 민족에게 행한 갖은 만행과 국가폭력으로 인해 숱한 양민이 희생된 4·3 사건의 그날을 잊지 말아야 할 것이다.

나는 혼자 4·3역사관 안팎을 둘러보다가 휴대폰을 충전하기 위해 건물 안으로 들어갔다. 안내 데스크에는 한 여성이 서 있었다. 나는 그녀에게 다가가서

"선생님, 휴대폰이 배터리가 나가서 충전 좀 하고 싶은데 할 수 있을까요?"

"저기 코너에 콘센트에 꽂으시면 됩니다. 오늘 여기 어떤

분이 오시는지는 알고 오셨죠?"

"네. 압니다. 감사합니다."

나는 '주정공장수용소 4·3역사관' 안에 비치된 리플릿을 읽으면서 휴대폰이 충전되기를 기다리고 있었다. 당시에 많은 사람들이 수용된 장소라니 마음이 숙연해졌다. 오후 네 시가 가까워지자 밖에 사람들이 하나둘 모여들기 시작했다. 잠시 후에 K 시인님이 4.3 역사관 안에 오셨다. 나는 K 시인님께 인사를 했다.

"일찍 도착하셨군요."

"네. 평화공원에서 사진을 많이 찍었더니 배터리가 나가서 충전하고 있었습니다."

"따님이랑 같이 오셨다고 하지 않았나요? 따님은 어디 있어요?"

"딸은 근처에 있는 카페에서 일할 게 있다고 해서 저만 왔습니다."

"제가 잠시 안내해 드릴 테니 저쪽으로 가 보시죠."

K 시인님의 안내를 받으며 '주정공장수용소 4·3역사관' 전시실 안으로 갔다. K 시인님은 JIBS 화면에서 봤을 때처럼 친절하게 설명해주셨다. 전시실에서 가장 먼저 만나게 되는 곳이 바닥에 푸른 파도처럼 일렁이는 '추모의 방'인데 거기에는 많은 이름이 물풀처럼 떠다니고 있었다. 차마 밟기도 힘든 이

름들. 이곳, 주정 공장에 수용되었다가 육지 형무소로 이송되어 간 후 대부분 행방불명된 사람들의 이름이라고 했다. 밀려왔다 밀려가는 이름들. 가슴이 먹먹했다. 물결 이미지 속에서 떠다니는 이름들을 보니 순간 시상이 떠올랐다. 어머니가 보였다. 시 한 편을 썼다.

일제 동양척식주식회사 제주 주정공장은 해방 전후 제주도의 주요한 산업시설이었다. 일제는 전쟁물자인 연료를 확보하기 위해 제주도에서 생산되는 고구마를 원료로 하는 주정공장을 세웠다. 당시 제주도는 공업이 발달할 수 있는 여건이 충분하지 못해 도내에서 생산되는 농산물을 산업만이 가능하였다. 이곳에서 고구마를 원료로 95% 농도의 알코올을 생산해 항공연료로 일본군에 납품했다. 현재 주정 공장의 흔적은 찾아볼 수 없지만 경사면을 따라 당시의 흔적을 일부나마 엿볼 수 있다.[54]

"이 주정 공장 옛터는 일제의 동양척식회사가 설립한 건데 제주 4·3사건 당시 수용소로 활용되었어요."

K 시인님이 설명해주셨다.

"네. 책에서만 봤는데 너무 끔찍하네요."

---

54 주정공장수용소 제주 4·3역사관 자료 인용.

"토벌이 있자 한라산 등지로 떠났던 주민들에게 군경이 하산하면 살려 준다고 해서 하산하였는데 주정 공장에 수용되었지요."

"네. 거짓말로 회유한 거네요? 그래놓고 수용소에 가두었다니…"

"이 주정 공장에는 큰 고구마 창고가 있었는데 4·3사건 당시에 민간인 수용소로 이용되었어요."

"세상에. 고구마 창고가 수용소로 변했다니…"

나는 말끝을 흐렸다.

"정뜨르 비행장에서도 학살당하고 바다에 수장하기도 했지요."

K 시인님은 조근조근하게 설명해 주셨다.

바다에 수장했으면 시신도 찾지 못했을 거 아닌가. 그동안 쉬쉬하며 대중들에게 알려지지 않았던 것이 이런 이유였던 것이구나. 그래서 제주 시민들에게는 4·3이라는 것이 침묵의 단어였던 것이구나. 이 아름다운 제주에 이렇게 크고 아픈 상처가 많았다니 말문이 막혔다. 나는 '주정공장수용소 4·3역사관'에 있는 전시물과 자료를 보며 새로운 사실을 알게 되었다.

1949년 한라산에 피신해 있던 주민들이 대거 하산하면서 주정 공장 창고에 수용되었다. 노인, 어린이, 부상자, 임산부의 구분 없이 한곳에 몰아넣었다. 혹독한 고문 후유증과 열악한 수용환경 때문에 주정 공장에서 죽어 나가는 사람들이 많았다. 혹자는 이곳을 '이승과 저승을 가르는 공간', '제주판 아우슈비츠 수용소'라 불렀다.

4·3사건 당시 대규모 초토화와 토벌로 인해 한라산 등지로 떠났던 주민들이 군경의 선무공작으로 하산하자, 주정 공장 창고에 수용되었다. 이때 수용자들은 혹독한 고문과 열악한 수용환경 때문에 죽기도 하고 석방되기도 했지만 대다수는 전국 각지의 형무소로 이송된 후 한국전쟁 직후 행방불명이 많은 상태다.[55]

【4·3유적지기행】주정 공장 자료에는 "당시 증언에 의하면 밤 9시경에 알몸 차림의 500여 명을 배에 태우고 바다로 나아갔다가 두 시간 정도 지나서 빈 배로 돌아왔다는 것"이라고 적혀 있었다. 이 정도로 처참했으니 제주판 아우슈비츠 수용소란 말이 나왔겠구나. 왜 이렇게 많은 주민을 바다에 수장시켰을까. 4·3역사관 자료집에는 이렇게 말하고 있다.

"4·3 계엄령 하에서 재판 절차 없이 즉결 처분은 빈번하게 진행되었다. 이에 그치지 않고 한국전쟁이 발발하자 주민들을 예비 검속하였다. 1950년 8월, 제주경찰서와 주정 공장에 수감된 500여 명을 제주항으로 끌고 가 배에 싣고 나간 뒤 바

---

55 주정공장수용소 제주 4·3역사관 자료 인용.

4·3의 진실을 보았다_제주주정공장
A witness of the truth of Jeju 4·3 at the Jeju brewery factory.

● 시기: 1952년 7월 8일　　● 출처: 미국립문서기록관리청(NARA)

▲ 주정 공장의 옛 사진(출처: 제주 4·3 70주년 기념 4·3 역사 사진집 1. p. 199.)

다에서 수장시켰다."

　K 시인님의 설명을 간략히 듣고 '주정공장수용소 4·3역사
관' 안내 데스크 앞으로 나왔다. 건물 밖에 조형물 근처에서
검은 양복을 입은 사람들이 왔다 갔다 했다. 나는 나가지 않
고 안내 데스크 앞에 있었다. 1층에는 나와 그 여직원만 있었
다. 잠시 후에
　"VIP님 들어오십니다."

▲ 주정공장 감저(고구마)창고, 1960년대 제주항 여객부두 전경
　(출처: 제주 4·3 70주년 기념 4·3역사사진집 1. p. 200.)

　젊은 남자의 목소리가 현관 유리문을 밀었다.

　곧이어 낯익은 분들이 들어오셨다. 문재인 전 대통령과 김
정숙 여사님이 이곳을 방문하신 것이다. 문재인 전 대통령과
김정숙 여사님은 안내 데스크 앞에 서 있던 여직원에게 악수
를 청하시더니 곧이어 내게도 청하셨다. 나는 공손하게 악수
했다. 검은 양복을 입은 젊은 남자들이 뒤이어 들어왔다.

　아주 많지도 적지도 않은 인원들 속에 O 시인님의 해설이
시작되었다. 나도 그들과 함께 해설을 들으러 4·3역사관 전시

실 안으로 들어갔다. O 시인님은 JIBS에서 본 대로 해설을 잘 하셨다. 벽면에 붙어 있는 자료와 사진에 대해서도 자세히 설 명하셨다.

제주4·3사건 연루자들에 대한 군법회의는 1948년 12월 (871명)과 1949년 7월(1,659명)에 실시됐다. 군법회의는 혐의 를 입증할 증거가 없었고, 판결문 등 소송기록도 발견되지 않 았다. 재판이 이뤄지지 않았거나 육지 형무소에 가서야 비로 소 형량을 통보받는 경우도 있었다. 법이 정한 최소한의 절차 도 밟지 않았던 것이다. 어떤 이들은 주정 공장이나 부두에 선 채로 경찰이나 군인으로부터 형기를 통보받았다. 이들 중 일부는 사형을 선고받아 정뜨르비행장 등에서 즉결 처형이 되었고, 징역과 금고형을 받은 사람은 형량에 따라 전국 각지 의 형무소로 보내졌다.[56]

4·3역사관 전시실 안에 오니 문득 강덕환 시인님의 시「이 제랑 오십서」가 생각난다.

'이제나 오카 저제나 오카'
먼 올레 발자국 소리만 들려도
혹시나 여기며

---

56   주정공장수용소 제주 4·3역사관 자료 인용.

버선발로 뛰쳐나가던 세월이
쉰 해를 훌쩍 넘겼는데

'아방 오민 같이 먹어사주'
밥을 먹어도
몫을 다로 챙겨두고
수제빌 끓여도
국물만 들이키며 보낸 세월이
백발로 늙어갑니다

바람은 천년을 불어도 늙지 않고
구름은 만년을 흘러도 흩어졌다 모이는데
식구들 둘러앉아 먹던 밥숟가락
채 놓기도 전에 끌려간 부모형제들은
호적도 지우지 못했습니다

보도 듣도 못한 형무소에서
들이쳐 분 바당에서
한라산 어느 골짜기에서
총 맞고 매 맞아 흙구덩이에 처박히고
북 먹어 고기밥이 되고

얼고 배고파 까마귀밥이 되어

간 날 간 시 몰라

난 날 난 시로

제상 받아 앉은 칭원한 영혼

이제랑 오십서

발걸음 쿵쿵

헛기침도 서너 번 외울르고

부는 바람, 흐르는 구름 잡아타고

여기 안자리로 앉으십서

정성의 제단에

해원의 향불 피우오니

상생의 촛농으로 흘러 내리십서

—강덕환, 시 「이제랑 오십서」[57] 전문

　위의 시 내용처럼 "보도 들도 못한 형무소에서/ 들이쳐 분
바당에서/ 한라산 어느 골짜기에서/ 총 맞고 매 맞아 흙구덩
이에 처박히고 /북 먹어 고기밥이 되고/ 얼고 배고파 까마귀
밥이 되어" 떠돌았을 그분들을 생각하니 심장이 조이는 듯 아

57　강덕환 시집, 「그해 겨울은 춥기도 하였네」(2010, 풍경). 【4.3유적지기행】 주정공
장 자료.

파온다.

벽면에 붙어 있는 전국 형무소 배치도를 보니 마음이 울컥해졌다. 군법회의를 거쳐 징역이나 금고형을 선고받은 사람들은 전국 각 지역의 형무소로 보내졌다니. 일반재판을 받은 사람들은 목포, 광주 형무소 등에 수감되었고, 군법회의를 받은 대상자들은 서대문, 마포, 대전, 대구, 목포, 인천, 전주 형무소 등에 수감 되었다고 적혀 있었다. 한 수형자가 가족에게 보낸 엽서가 있었는데 희미한 글씨가 사연을 말해주는 듯했다.

"불효자는 이곳 형무소 내에서 (고향) 하늘을 바라보며 축원합니다.
—고경옥"
"집을 떠난 후로 몇 달이 지나서 신체 건강하였으니 안심하라.
—고두정"

여러 편의 엽서를 보는데 가슴이 먹먹했다. 엽서를 받던 당시에 가족들의 심정은 얼마나 황망했을까.

1954년 9월 21일 한라산 금족령이 해제되면서 제주 4·3사건은 7년 7개월 만에 종결된 듯 보였지만 끝은 아니었다. 제주 도민과 생존희생자들, 희생자 유족들은 이념적 편향성 때문에 시달렸고, 연좌제로 인한 정신적, 육체적 고통을 멍에처럼 짊어져야 했다.

2000년 1월 12일 공포된 '제주4·3사건 진상규명 및 희생자 명예회복에 관한 특별법'은 "4·3사건의 진상을 규명하고 희생자와 그 유족들의 명예를 회복시켜 줌으로써 인권신장과 민주발전 및 국민화합에 이바지함을 목적으로 한다"라고 하였다.(제1조)

이러한 취지에 따라 군법회의에 회부되어 수형인이라는 굴레에서 벗어나지 못했던 제주 4·3사건 희생자들은 2021년 제주 4·3 특별법 개정으로 직권재심을 통해 무죄를 선고받아 명예를 회복할 수 있는 길이 열렸다.[58]

O 시인님의 해설을 들으며 '무죄 판결문'이라는 문구를 보는데 가슴이 찡해져 왔다. 무죄판결문은 두 종류였는데 하나는 "제2형사부 재심 판결문/ 2019년 1월 19일에 받은 재심사건의 첫 무죄 판결문 복제품"이었고, 다른 하나는 "제주지방법원 제4-2 형사부 재심 판결문/ 2022년 8월 9일에 받은 무죄 판결문 복제품"이었다.

이제서나마 수형인들의 명예가 회복되어 참으로 다행이라 여긴다. 예비검속으로 바다에서 파도에 떠밀려 시신조차 찾지 못한 수장 희생자들에게도 이제는 편히 천국에서 잠들 수 있길 빈다.

---

58 주정공장수용소 제주 4·3역사관 자료 인용.

주정 공장 옛터 전시실 관람이 끝난 후 모두 밖에 있는 조형물 앞에 섰다. 다 같이 묵념을 올렸다. 잠시 후 안내에 따라 단체 기념사진을 찍었다. 제주작가회의 회원들과 K 시인님, O 시인님 덕분에 천재일우의 기회를 갖게 되었다.

주정 공장 옛터에 와서 새로 알게 된 역사적 사실이 많았다. 이번 2차 제주 4·3 유적지 답사는 정말 잘 한 것 같다. 이제 글을 제대로 마무리할 수 있을 것 같다. 1차 답사로는 글 내용이 조금 부족한 듯해서 그동안 마침표를 찍지 않고 자료 수집과 퇴고를 거듭했다. 이번 기행으로 네 꼭지를 더 쓸 수 있게 되어 마음이 편하다.(2023)

작품 : 강덕환 ▶

그 참혹함의 무게에
압도당해서
너무 진지하고
너무 슬프면 안 돼.
큰 슬픔일수록
좀 가볍게
독자들이
견딜 수 있게
슬픈 원혼들을
눈물로 애도하고
즐거운 웃음으로
기쁘게 해드리기도
하면서.

현기영의 '제주도우다' 중에서
이천이십삼년칠월
덕환

■ 제주4·3사건 주요 일지

1947년

3. 1. — 제주민전 주최 제28주년 3·1절 기념식 개최. 응원경
　　　　찰의 발포로 관덕정과 도립병원 앞에서 주민 6명 사망.
　　　　8명 중경상을 당하는 '3·1사건' 발생.

3. 5. — '제주도 3·1사건대책 남로당 제주도위원회 투쟁위원
　　　　회' 결성

3. 7. — 남로당 제주도위원회, 각 읍면위원회에 '3·1사건 대책
　　　　투쟁에 대하여' 지령서 하달.

3. 8. — 3·1사건 조사를 위해 미군정청·주조선미육군사령부
　　　　합동조사단(단장 카스티어 대령) 내도.

3. 10. — 제주도청을 시작으로 3·1사건에 항의하는 민·관 총
　　　　파업 돌입. 13일까지 제주도 전체 직장의 95%인 166
　　　　개 기관단체에서 파업에 가세.

3. 12. —경무부 최경진 차장, 제주파업 사태 언급하면서 "원래
　　　　제주도는 주민의 90%가 좌익색채를 가지고 있다"고 발
　　　　언.

3. 14. — 조병옥 경무부장, 제주도 파업진상 조사차 내도 포고
　　　　문 발표.

　　　　— 우도 민청원들, 우도경찰관파견고 간판을 파괴하고 소

각.

　　― 박경훈 제주도지사, 스타우트 제주도 군정장관에게 사
　　직서 제출.

3. 15.　― 전남경찰 122명, 전북경찰 100명 등 응원경찰 222
　　명 제주도 도착.

　　― 조병옥 경무부장, 파업주모자들을 검거하라는 명령 하
　　달.

　　― 미군 CIC 제주사무소 설치

3. 16.　― 제주경찰감찰청내에 본토 출신 경관들을 중심으로
　　특별수사과(과장 이호) 설치. 파업 직장의 간부급 연행하
　　여 취조.

3. 17.　― 중문지서 응원경찰대, 수감자 석방을 요구하는 군중
　　에 발포해 주민 8명 부상.

3. 18.　― 경기경찰 99명 제주도 도착. 응원경찰 총 421명으로
　　증가.

　　― 강인수 제주경찰감찰청장, "3·1사건으로 검속된 사람
　　은 200명 가량"이라고 발표.

3. 20.　― 조병옥 경무부장. 3·1사건 진상조사 담화에서 "제1구
　　경찰서에서 발포한 행위는 정당방위이며 도립병원 앞
　　에서의 발포행위는 무사려한 행위로 인정한다"고 발표.

　　― 미군정보팀, '제주의 총파업에는 좌우익이 공히 참가
　　하고 있으며, 제주도민 70%가 좌익단체 동조자'라고 보

고.

3. 22. — 남로당, 전국적으로 24시간 파업인 '3·22 총파업' 전
개.

3. 24. — 독직사건 관련 신우균 전 제주감찰청장에 대해 경무
부 사문위원회에서 파면 결정.

3. 26. — 교원들의 잇단 검거에 제주북교 학부모들 구속교원
석방 요구.

3. 28. — 경무부, "파업선동자 전국에서 2,176명 검거, 제주는
230명"이라고 발표.

3. 31. — 제주도 산업국장 임관호 등 제주도청 간부 10여 명
검속.

4. 1. — 조병옥 경무부장, 파업사건에 가담한 제주 경찰관 66
명에 대해 징계파면했다고 발표.

4. 2. — 제주도 군정장관에 베로스 중령 부임.

4. 10. — 제주도지사에 전북출신 유해진 발령.

　　　 — 제주경찰감찰청, 파업 검속자는 500명에 이르며 이
중 260명을 군정재판에 회부했다고 발표.

4. 28. — 응원경찰대의 교체병력으로 철도경찰 245명을 제주
경찰에 배속. 제주경찰 정원 500명 으로 증원됨.

　　　 — 제9연대장 장창국 소령 명의로 제주신보에 "국방경비
대는 좌도 아니고 우도 아니다"라고 표명한 「국방경비
대 모병」 광고 게재.

5. 6. — 제주검찰청, "경찰검찰청으로부터 송치된 3·1사건 피
고는 328명"이라고 발표.

5. 7. — 응원경찰대 400여 명, 제주에서 철수.

5. 21. — 미소공동위원회 재개

— 제9연대장 장창국 후임으로 이치업 소령 취임.

5. 23. — 3·1사건 관련 재판에 회부된 328명에 대한 공판 완
결. 체형 52명, 집행유예 52명, 벌금형 56명, 나머지
168명은 기소유예 및 불기소 처분.

6. 1. — 경찰, 삐라살포 혐의로 제주읍내 중학생 20명 검속.

6. 2. — 제주여중 3학년생, 파시즘교육 반대 등을 요구하며 동
맹휴학.

6. 6. — 구좌면 종달리에서 민정 집회를 단속하던 경찰관 3명
이 마을 청년들로부터 집단폭행 당한 세칭 '66사건' 발
생.

6. 16. — 제주 경찰, "종달리 사건 수배자가 71명에 이른다"고 발
표.

6. 18. — 삐라를 붙인 혐의로 기소된 교원양성소·조천중학원
학생 10명에 체형 등 언도.

6. 22. — 제주신보, '3·1사건 희생자 유가족 조위금이 31만
7,118원에 이른다고 보도.

7. 3. — 삐라사건으로 집행유예 판결받은 학생이 퇴학처분을
당하자 제주농업학교 3학년 학생들이 이에 반발, 농성.

7. 18. ― 전 제주도지사 박경훈, 제주도 민전 의장에 추대.

7. 19. ― 근로인민당 당수 여운형 암살 당함.

8. 14. ― 제주 경찰 '8·15폭동음모'와 관련 제주민전 의장 박
　　　　　경훈 전 제주도지사를 비롯, 도청 간부·사회인사 등 20
　　　　　여 명 체포.

8. 19. ― 제주도 전역에 곡물수집 반대 삐라 살포됨.

8. 31. ― 하곡 전체수집률 67.6%, 제주도는 13.7% 불과.

9. 17. ― 제2차 미소공위 결렬. 미국, 한반도문제 UN에 상정.

9. 21. ― 22개의 우익청년단체가 통합, 대동청년단 발족.

9. 27. ― 제주경찰감찰청 수사과, 불온서류 발각됐다며 생필
　　　　　품영단 직원과 제주농업학교·제주중 교사 등 36명 검
　　　　　속.

10. 6. ― 제주지법 3·1절 집회를 주도했던 전 제주도 민전 의
　　　　　장 안세훈에 집행유예 선고.

10. 19. ― 제주 CIC, "당원확장 운동을 하던 대동청년단 단원
　　　　　들, 제주도 동쪽끝 마을에서 테러 행위, CIC에서 조사
　　　　　중이라고 보고.

11. 2. ― 서북청년회, 제주도본부(위원장 장동춘) 발족.

11. 3. ― 딘 소장 제3대 주한미군 군정장관으로 취임.

11. 5. ― 통행금지 시간이 오후 10시부터 오전 5시까지로 변
　　　　　경.

11. 12. ― 미군정청 특별감찰관 넬슨 중령 제주도지사 유해진

에 대한 특별감찰에 착수. 이 조 사는 1948년 2월 28일
까지 실시.

11. 14. — UN총회, 한반도에서 인구비례에 의한 총선거를 실
시하자는 미국안 통과.

11. 25. — 서북청년회 제주도단장이 '제주도는 조선의 작은 모
스크바'라고 말해 왔다고 제주CIC가 상부에 보고.

11. 26. — 딘 군정장관 제주도 시찰차 내도. 28일 귀경.

12. 3. — 베로스 중령 후임으로 맨스필드 중령이 제주도 군정
장관으로 보임.

12. 26.— 제주도 추곡수매 실적 11%로 전국(84.5%)에서 가장
부진.

1948년

1. 22. — 제주 CIC, "제주경찰이 신촌리에서 열린 남로당 조천
지부 불법회의장을 급습, 106명 을 검거하고 폭동지령,
문건 등을 압수했다"고 보고.

2. 1. — 9연대장 이치업 중령 후임으로 부연대장 김익렬 소령
임명.

2. 7. — 전국에 비상경계.

— 좌파세력, 남한 단독선거에 반대해 전국적 총파업으로
몰고 간 '2·7투쟁' 전개.

2. 10. — 조병옥 경무부장, '2·7폭동으로 전국적으로 39명이

사망했으며 8,479명이 검거됐다고 발표.

— 고산지서 경찰이 시위하던 군중에게 발포, 주민 1명 중상.

2. 11. — 제주경찰 '2·7사건' 여파로 제주에서 방화 1건, 테러 9건, 시위 19건이 발생했다고 발표. 3일 동안 290명 체포.

3. 6. — 조천지서에서 취조를 받던 조천중학원생 김용철 고문 치사.

3. 10. — 조천중학원 학생들과 주민들, 지서에 몰려가 고문치사 사건 항의 시위.

— 성산면 관내 청년 66명, 남로당을 탈퇴해 대동청년단에 가입한다는 성명 발표 이후 남로당 탈퇴 성명 줄이음.

3. 11. — 미군정청 특별감찰관 넬슨 중령, 제주도 지사 유해진에 대한 특별감찰보고서에서 유 지사 해임과 제주도 경찰행정에 대한 조사, 과밀 유치장 조사 등을 딘 장관에게 건의.

3. 20. — 애월면 새별오름에서 훈련 중이던 자위대원들과 애월지서 경찰·서청·대청단원간 충돌.

3. 28. — 이승만, 방한중인 미 육군성 드래퍼 차관에게 제주도를 미군기지로 제공할 의사 있음을 표명.

— 남로당 제주도당, 회합을 갖고 무장투쟁 개시일을 4

월 3일로 결정.

3. 29. — 한림면 금릉리에서 미군정을 비판하던 청년 박행구
　　　가 경찰과 서청에 잡혀 즉결처형됨.

4. 3. — 제주도에서 무장봉기 발발. 350여 명의 남로당 제주도
　　　당 무장대가 새벽2시를 기해 제주도내 12개 지서를 공
　　　격하고 우익단체 요인의 집을 습격 경찰 4명, 민간인 8
　　　명, 무장대 2명 사망.

4. 5. — 미군정 약 100명의 전남경찰을 응원대로 급파하고 제
　　　주경찰감찰청 내에 제주비상경비사령부 설치사령관 김
　　　정호 경무부 공안국장.

4. 8. — 미국, 주한미군을 48년 12월 말까지 철수키로 잠정 결
　　　정.

4. 10. — 국립경찰전문학교 간부후보생 100명, 제주에 파견.

4. 14. — 최종 선거등록 결과 제주도는 127,752명 중 82,812
　　　명이 등록해 64.9%(전국 평균 91.7%)로 전국 최하위 기
　　　록.

4. 16. — 딘 군정장관의 명령으로 남한 전역에 향보단 창설.

4. 18. — 딘 군정장관, 맨스필드 중령에게 제주도 주둔 경비대
　　　의 작전통제권을 행사하고 무장대 지도자와 교섭할 것
　　　을 지시.
　　　— 무장대, 선거사무소 습격해 관련 서류 탈취.
　　　— 유해진 도지사 외 32명을 위원으로 한 시국수습대책

위원회 결성.

4. 22. ― 제주비상경비사령부, 야간 통행금지 시간을 오후 8
시부터 익일 오전 5시까지로 변경.

― 김익렬 9연대장, 무장대에게 평화협상을 요청하는 전
단을 비행기로 살포.

4. 24. ― 미국 워싱턴포스트지, '한국 섬 폭동 발발 46명 사망'
이라는 제목 아래 제주사태 첫 보도.

4. 27. ― 제주에서 미 20연대장 브라운 대령, 24군단 작전참
모부 슈 중령, 59군정 중대장 맨스 필드 중령 등이 회동
해 대책회의 개최.

― 경비대 5연대와 미 20연대 정찰대를 동원한 수색작
전 전개.

4. 28.― 제9연대장 김익렬과 무장대 총책 김달삼과 평화협상
진행, 72시간내 전투 중지 등에 합의.

4. 29. ― 딘 군정장관, 극비리에 제주도 방문.

― 슈 중령, "제주도에 있는 현재의 병력만으로도 상황을
진정시키는데 충분"하다는 요지의 보고서 제출.

― 김정호 제주비상경비사령관, "오후 8시 이후 전도의
통행을 금지하고 위반자는 사살 해 버리는 강경한 작전
을 전개하고 있다"고 밝힘.

5. 1.― 세칭 '오라리 방화사건' 발생해 평화협상 파기.

― 무장대, 제주읍 도평리에서 선거관리위원장 살해.

5. 3. — 미군 수뇌부, 경비대사령부에세 "무장대를 총공격하여 제주사건을 단시일 내에 해결하라"고 명령.

— 미국 뉴욕타임즈지, 제주도 무장대가 '경찰무기 압수, 경찰서청 처벌, 5·10선거 취소 확약 등 5개항의 항복조건을 제시했다고 보도.

5. 5. — 제주읍 미군정청 회의실에서 딘 군정장관, 안재홍 민정장관, 조병옥 경무부장, 송호성 경비대사령관, 맨스필드 중령, 유해진 도지사, 김익렬 9연대장, 최천 제주경찰감찰청장 등이 모여 이른바 '5·5 최고수뇌회의' 개최.

— 무장대, 화북리 선거관리위원장과 내도리 구장 등을 살해.

5. 6. — 미군정, 김익렬 9연대장 해임, 신임 9연대장에 박진경 중령 임명.

5. 10.— 5·10선거 실시, 제주도 62.8%로 가장 낮은 투표율 기록. 북제주군 갑을 2개 선거구는 과반수 미달로 선거무효됨.

5. 11.— 무장대, 제주읍 도두리에서 마을 선거관리위원장, 대동청년단장, 또는 그들의 가족들을 5월 19일까지 잇따라 납치해 살해.

5. 12.— 미군정, 구축함 크레이그호를 제주도에 급파해 해안봉쇄활동.

5. 15.— 제11연대 수원에서 제주로 이동(연대장에 제9연대장인

박진경 중령 취임), 기존의 제9연대는 제11연대에 합편됨.

5. 19.— 철도경찰 350명과 제6관구 및 제8관구 경찰관 100명 등 총 450명이 경무부 지령에 의하여 제주로 출발.

5. 20.— 미군정, 미6사단 예하 광주 주둔 제20연대장인 브라운 대령을 제주지구 미군사령관으로 파견.

5. 28.— 유해진 제주도지사 경질, 제주 출신 임관호가 지사로 임명됨.

6. 17.— 제주경찰감찰청장에 제주 출신의 김봉호 임명.

6. 18.— 박진경 제11연대장 숙소에서 부하에 의해 피살.

6. 21.— 제 11연대장에 최경록 중령, 부연대장에 송요찬 소령 부임.

7. 15.— 제9연대를 제11연대에서 배속해제하여 재편성(연대장에 송요찬 소령, 부연대장 서종철 대위)

7. 19.— 철도경찰 200명 제주도에 파견.

7. 20.— 이승만 국회에서 초대 대한민국 대통령으로 선출.

7. 21.— 3여단의 2개 대대가 부산에서 제주도로 이동해 9연대에 배속.

8. 6. — 제1관구경찰청, 제1차 응원부대와 교대할 제2차 응원대 파견.

8. 15.— 대한민국 정부 수립 공포.

8. 21.— 김달삼, 해주에서 열린 남조선인민대표자대회에서 주

석단 일원으로 선출.

10. 5. ― 제주경찰감찰청장에 평남 출신 홍순봉 임명.

10. 11.― 제주도경비사령부(사령관 김상겸 대령) 설치.

10. 17.― 송요찬 9연대장, 제주 해안에서 5킬로미터 이상 지역에 통행금지를 명령하면서 이를 어길 시 이유 여하를 불문하고 총살에 처하겠다는 내용의 포고문 발표.

10. 18.― 제주해안 봉쇄.

10. 19.― 여수 14연대 반란 사건 발생.

― 송요찬, 9연대장, 제주도경비사령관 겸직.

11. 13.― 토벌대, 애월면 소길리 원동마을에서 주민 50~60명을 집단 총살, 이날을 기점으로 약 4개월간 중산간 마을을 초토화하고 주민들을 집단 총살.

11. 17.― 대통령령 제31호로 제주도 전역에 계엄령 선포.

12. 13.― 서북청년회 단원 620명이 정식 경찰로 임용.

12. 15.― 토벌대, 표선면 토산리 주민 150여 명을 표선국교로 끌고가 감금했다가 12월 18일과 19일 양일에 걸쳐 집단 총살.

12. 18.― 토벌대, 구좌면 하도리·종달리 주민 10여 명(여자 3명, 어린이 포함)이 숨어 있던 '다랑쉬 굴'을 발견, 굴속으로 불을 지펴 질식사시킴.

12. 19.― 서북청년회 단원 250명 제주 도착. 이 중 25명은 경찰, 225명은 군인이 됨.

12. 21.— 토벌대, 조천면 관내 자수자 150명을 제주읍 속칭 '박성내'라는 냇가로 데려가서 집단 총살.

12. 29.— 2연대(연대장 함병선), 9연대와 교체해 제주에 주둔.

12. 31.— 제주도지구 계엄령 해제.

1949년

1. 1. — 무장대, 제주읍 오등리에 위치한 2연대 3대대 주둔지를 공격, 교전 끝에 무장대원 10여 명 사망하고, 2연대 장병도 7명 전사.

1. 3. — 무장대, 제주읍 심양리, 남원면 하례리, 한림면 협재리를 기습해 주민 살해.

1. 4. — 함병선 2연대장, 계엄령의 지속적인 시행을 요구.
— 토벌대, 제주읍, 화북리 곤을동 주민을 이틀에 걸쳐 집단총살.

1. 12. — 무장대, 남원면 의귀리 주둔 2연대 2중대 습격 후 패퇴. 군인들은 전투 직후 의귀국민학교 수용했던 중산간 마을 주민 80여 명을 집단 총살.

1. 13. — 무장대, 성읍리를 습격해 주민 38명을 살해하고 방화.

1. 17. — '북촌사건' 발생. 토벌대 마을 인근에서 군인들이 기습받은 데 대한 보복으로 조천면 북촌리를 모두 불태우

고 이튿날까지 주민 400명가량을 집단 총살.

1. 21. ─ 이승만 대통령, 국무회의에서 제주와 전남지역의 사건에 대해 언급하면서 "미국 측에서 한국의 중요성을 인식하고 많은 동정을 표하나 제주도, 전남사건의 여파를 완전히 발근색원(拔根塞源)하여야 그들의 원조는 적극화할 것이며 지방 토색(討索) 반도 및 절도 등 악당을 가혹한 방법으로 탄압하여 법의 존엄을 표시할 것이 요청된다"고 유시.

1. 22. ─ 육군본부, 육군 항공사령부에게 비행기 2대를 1월 24일까지 제주도에 파견해 진압작전에 협조하라고 지시.
   ─ 토벌대 안덕면 동광리·상창리 주민 등 80여 명을 서귀포 정방폭포 부근에서 집단 총살.

1. 24. ─ 국무회의, 제주도에 국군 1개 대대를 증파하기로 의결.

1. 25. ─ 한국군 소속 L-5 2대, 제주도에 파견.

1. 28. ─ 이승만, 국무회의에서 "미 해군이 제주도에 기항하여 좋은 결과를 얻었으며, 군 1개 대대와 경찰 1,000명을 증파하였으니 조속히 완정(完征)하라"고 지시.

1. 31. ─ 육군본부, 유격전 전문부대인 6여단 산하 유격대대를 제주에 파견.

2. 4. ─ 제주읍 봉개지구(봉개·용강·회천리)에 대한 육해공군 합동작전 전개, 토벌대, 도망가는 주민들을 추격하여 수백명을 총살.

2. 12. ― 관음사, 2연대 군인들에 의해 소각됨.(이 밖에도 도내 15개소의 사찰이 토벌대의 방화로 전소되었으며, 3개소는 일부 소각됐고, 9개소의 사찰은 소개령 때 파옥당함. 또한 스님 16명 이 토벌대에 의해 희생됨. 한편 경찰 부친이 주지인 함덕리의 한 사찰은 무장대에 의해 피해를 입음)

2. 27. ― 제2연대, 1948년 12월 고등군법회의에서 사형선고 를 받은 39명에 대해 사형 집행.

3. 2. ― 제주도지구전투사령부(사령관 유재홍 대령, 참모장 함병선 2연대장) 설치.

5. 10. ― 국회의원 재선거 실시. 홍순녕·양병직 당선.

6. 7. ― 무장대 총사령 이덕구, 경찰에 의해 사살.

6. 23. ― 고등군법회의 개최. 6월 23일부터 7월 7일까지 총 10차례 개최돼 민간인 1659명에 대해 유죄판결.

8. 13. ― 제2연대, 독립제1대대(부대장 김용주)에 제주도지구 경비 일체를 인계 후 완전 철수.

8. 20. ― 제주지구위수사령부를 설치(제주주둔 부대장이 위수사 령관이 됨)

10. 2. ― 제주비행장 인근에서 '1949년 군법회의' 결과 사형이 선고된 249명에 대한 총살형 집행해 암매장.

11. 24. ― 계엄령 제정·공포.

12. 27. ― 독립 제1대대 제주에서 철수.

12. 28.― 해병대(사령관 신현준 대령) 제주에 도착.

1950년

2. 10. — 김충희 도지사, 국무총리에게 보낸 공문을 통해 4·3
사건으로 3만여 명의 인명피해를 입었으며, 가옥손실 4
만여 동 등 피해액이 200여억원에 이른다고 보고.

5. 30. — 제2대 국회의원 선서, 제주도에서는 김인선, 강창용,
강경옥 당선.

6. 25. — 6·25전쟁 발발. 제주도 해병대사령관이 제주도지구
계엄사령관 겸임.

7. 8. — 계엄법 제1조에 의하여 전남과 전북을 제외한 남한 전
역에 계엄을 선포.

7. 11. — 치안국장으로부터 '불순분자 검거의 건'이 제주도경
찰국장에게 하달.

7. 15. — 해병대 1개 대대, 제주항을 출항하여 군산항으로 이
동.

7. 20. — 비상계엄 남한 전역으로 확대.

7. 27. — 제주읍 주정 공장에 예비검속됐던 사람들이 사라봉
앞 바다에 수장됨.

8. 4. — 제주경찰서·주정공장 등에 수감됐던 예비검속자 수백
명이 제주항 앞바다에 수장됨.

8. 5. — 모슬포 부대에서 해병대 신병 입영식 거행, 오현중학
교 선생 423명이 학도병 지원.

8. 8. — 제주지검장, 법원장 등 도내 유력 인사 16명이 '인민군

환영준비위원회'를 결성했다는 혐의로 체포·구금.

8. 19. — 제주경찰서 유치장에 수감되었던 예비검속자 수백
　　　　　명이 19일 밤부터 20일 새벽까지제주비행장에서 총살
　　　　　된 후 암매장.

8. 20. — 모슬포경찰서 관내 한림면·대정면·안덕면 예비검속
　　　　　자 252명이 군에 송치돼 송악산 섯 알 오름에서 집단
　　　　　총살됨.

9. 17. — 예비검속자 석방 시작됨.

10. 10. — 제주도지구의 계엄 해제.

1951년

1. 22. — 육군 제1훈련소 대구에서 제주도로 이동.

4. 24. — 제주 경찰, 1950년 10월 1일~1951년 4월 22일까지
　　　　　7개월간 무장대 사살 56명, 무기 노획 소총 11정, 수류
　　　　　탄 2발, 경찰 17명 사상(사망 15, 부상 2) 자위대 24명 사
　　　　　상(사망 11, 부상 11, 행방불명 2) 민간인 42명 사상(사망 1,
　　　　　부상 3, 납치 38)등의 전과발표.

5. 10. — 제주도 육군 특무대 창설.

5. 20. — 제주도에 온 피난민수 148,794명으로 집계.

5. 28. — 정일권 육해공군 총사령관, 모슬포 육군 제1훈련소 시
　　　　　찰.

1952년

1. 7. ─ 육군훈련소장에 장도영 준장 임명.

1. 25. ─ 대한청년단 특공대, 제주극장에서 발대식.

2. 6. ─ 미8군사령관 밴프리트, 제주도 시찰.

4. 1. ─ 제주 경찰, 치안국 작전지도반의 지도하에 4월 30일까
지 30일간 예정으로 '제주도지구잔비섬멸작전'을 전개.

5. 16. ─ 육군 정보국, 제주도 무장대(사령관 김성규) 규모를 65
명(무장 30, 비무장 35)으로 파악.

5. 28. ─ 제주도의회 잔여 무장대 완멸책으로 귀순하면 생명
은 보장한다는 요지의 하산권고문을 반포키로 가결.

7. 3. ─ 이승만 대통령 부처, 미8군사령관 밴프리트와 유재흥
중장 등과 제주도 육군 제1훈련 소 시찰.

8. 9. ─ 제주지구위수사령관 겸 육군 제1훈련소장 장도영 이
임.

8. 14. ─ 제주지구위수사령관 겸 신임 육군 제1훈련소장에 오
덕준 취임.

9. 16. ─ 제주방송국에 무장대 5명이 침입하여 숙직 중인 방
송과장 등 3명을 납치.

10. 31. ─ 무장대, 서귀포발전소를 습격해 방화.

11. 1. ─ 제주도경찰국, 100전투경찰사령부 창설.

11. 26.─ 이승만 대통령, 국무회의에서 "경찰의 예비검속은
공표하지 말라"고 지시.

12. 25. ― 제주도지구 재산무장대의 완전섬멸을 위하여 경기·
　　　　　충남·경북에서 1개 중대씩 3개 중대의 경찰병력을 파
　　　　　견.

1953년

1. 25. ― 육군본부, 무지개부대를 1월 20일~5월 27일까지 육
　　　　군첩보부대(첩보부대장 이철희 대령)에 배속.

1. 29. ― 육군 특수부대인 무지개부대(소령 박장암) 86명이 제
　　　　주도에 투입.

5. 1. ― 무지개부대 작전 종료.

6. 15. ― 치안명령 제84호에 의거 파견된 경기·충남·경북의
　　　　경찰 병력을 6월 15일 0시부로 배속 해제 원대복귀.
　　　　― 이응준 중장, 육군 제1훈련소 소장으로 임명.

7. 11. ― 미 극동사령부 부사령관 켄들, 제주도주둔 육군 제
　　　　871부대를 사열.

10. 13. ― 경찰 100사령부 사령관 김원용 총경 이임. 후임에
　　　　　한재길 경감.

11. 2. ― 제주읍 도평리·노형리 주민, 북제주군과 경찰에 재건
　　　　복귀를 진정.

11. 7. ― 1년여간 소개생활을 해오던 대정면 산이수동 주민들
　　　　이 복귀입주.

11. 20. ─ 이경진 제주도경찰국장, 20일을 기해 도내 경찰주
둔소 경비초소의 경찰병력을 철수한다고 발표.

1954년

1. 15. ─ 이경진 제주도경찰국장, 잔여무장대는 6명 뿐이라고
발표.

4. 1. ─ 한라산 부분 개방, 산간부락 입주 및 복귀 허용.

9. 21. ─ 한라산 금족령 해제.

누군가 나를 부르는 소리

김우종
(문학평론가·전 경희대, 덕성여대 교수)

정여운의 논픽션집 『오름마다 붉은 동백』은 지금까지 우리 문학사에 있어 온 많은 작품들과 달리 소재와 주제와 표현양식에서 새로운 작가정신이 극명하게 나타난다.

그것은 '누군가 자꾸 부르는 양심의 소리'를 듣는 것. 또는 '구원을 청하는 소리'를 듣는 것 때문이다. 잔혹하게 인간 생명이 말살된 현장의 울음소리가 자꾸 들리고 구원의 신음소리가 들려서 이것이 창작의 모티프가 되는 작가 정신을 말한다.

그 소리는 실제와 다르기에 환청이고 환각이라 해도 좋지만 남들이 못 들어도 그 환청 환각 때문에 글을 쓸 수밖에 없는 것이 진정한 작가정신이다.

그리고 이것은 작가의 사명이라고 생각한다. 양심이 시키는 것이기에 작가의 최우선적 사명이다. 이 글은 실제적 사건기록으로서의 산문이면서도 사건기록만의 경직성을 벗어나서 소설적 서사문학의 형식을 도입하고 있다. 이것은 매우 참신한 기도로서 높이 평가될 수 있을 것이다.

『오름마다 붉은 동백』은 국가폭력에 의해서 잔혹하게 짓밟히고 뭉개지고 말살당하는 인간생명에 대한 연민과 저항정신이 주제다. 1부, 2부 내용과 작가의 말 '누군가 자꾸 나를 부를 때'도 이에 속한다. 그러므로 이 논픽션집의 중심 주제는 국가폭력으로부터의 인간 생명의 존엄성 지키기이며 사랑과 평화를 호소하는 메시지라 할 수 있다.

정여운 작가는 1947년부터 1954년까지 제주에서 7년 7개월간 일어난 4·3 사건을 다큐멘터리로서의 객관성 정확성 확보와 함께 문학성을 접목시켜 본격적으로 시간과 정력을 창작에 집중시켜 나갔다. 이를 위해서 집필실을 자기 집 밖에서(토지문화관에서) 구했다. 여성의 문학을 규방문학이라 했던 것이 옛일이라 하더라도 안방 주부의 역할이 여전한 현대사회에서 보면 이렇게 집 밖으로 나가서 독립적인 집필실을 구하고 사건의 현장답사에 열중했던 것은 주변 사람들의 이해와 협조 없이는 어려운 일이다.

그리고 소재와 주제 선택에서 매우 남다른 가치를 지닌다. 작가는 '참고 문헌'에서도 밝혔듯이 많은 문헌 외에 직접적 현장답사와 관계자의 증언기록으로 정확성 객관성에 최선을 다하고 그 자료가 말하는 신음과 눈물을 전하며 호소력을 증대시켜 나갔다.

조사기록에 의해서 밝힌 바지만 76년 전 3·1운동기념을 발발기점으로 해서 일어난 민중봉기에 대해서 평화적 해결 주장을 무시하고 무력진압을 결정한 것은 미군정이다. 조병옥이 미군정청의 경무부장이고 송요찬 함병선 김종원 김창룡 등 군부와 남한 단독정부 수립을 지지하며 가장 강력한 정치세력을 장악했던 이승만이 모두 한국인이고 경찰과 서북청년단도 모두 한국인이지만 지도상에서 표고 얼마의 선을 긋고 지시를 내린 실세는 미군이다.

4·3 사건에서만이 아니라 곧 일어난 6·25 전쟁에서도 마찬가지다. 작전권을 빼앗아 쥐고 북한군을 밀어낸 실세가 미국일 뿐만 아니라 필자가 격전 중에 미고문관과 국군 포병사령관 옆에서 직접 보고 고문관실에 파견 근무하면서 직접 본 바도 그랬다. 그리고 동족 학살의 4·3 사건에 책임 있는 누구도 처벌받지 않고 지금까지 눈을 부릅뜨고 살아 왔거나 늙어 죽고 국립묘지에 모셔져 있는 이상 이를 소재로 하는 문학작품은 한계가 있을 수밖에 없다. 다큐멘터리는 사실 탐구가 필수조건인데 이에 한계가 있는 이상 허구적인 서사문학 이상을 기대하기 어렵다. 소설은 문학성을 더 높이지만 허구는 꾸며낸 거짓말 형태이기 때문에 사실의 증언이 될 수 없는 것이 약점이다.

정여운은 이런 의미에서 허구적인 소설형태가 아닌 사실의 정확한 기록이되 딸과 동행하는 기행문 형태로서 대화와 지문을 섞어가며 문학성을 접목시켰다. 이런 형태는 일반적 문학양식이 아니므로 참신한 창의적 성과로 평가될 수 있다.

1. 동백꽃의 이미지

정여운은 사실의 기록성을 고수하면서도 문학성을 살리기 위해 다음과 같은 기법을 나타내고 있다.

이 소재는 국가권력에 의해서 오랫동안 은폐되어 오던 범죄사실이므로 사실규명의 정확한 기록성을 고수해야 하고 진실을 밝히며 그러면서도 감동적인 문학적 효율성을 나타내기 위해서 사건 전개과정에 꽃밭이 나오고 꽃이 떨어져 뒹굴게 된다.

동백꽃이나 먼나무는 아름다운 제주를 나타내는 실제적 풍경이기 때문에 사실과 위배되지 않는다. 그리고 아기와 엄마들까지 기관총으로 난사되고 붉은 피로 물든 제주도를 직설법으로 서술해 나가면 문학적 감동이 오히려 훼손되기 쉽다. 제주 학살 같은 잔혹 행위를 근거리의 동영상으로 표현하면 공포감이나 역겨움이 문학적 감동을 훼손시킨다. 과학적 고증을 기본조건으로 하는 다큐멘터리이기 때문에 직설법이 필요하지만 다른 간접화법을 찾아야 한다. 그래서 꽃이 이를 대신하고 있다. 동백꽃, 먼나무 등이 사건을 대신하며 특히 낙화된 붉은 동백꽃이 제주 학살사건의 아이콘이 되고 있다. 책 이름 '오름마다 붉은 동백'이 그렇다.

나지막한 슬래브 지붕 위에 빨간 동백꽃이 통째로 떨어져 있다. 아직 시들지 않은 꽃, 꽃잎이 마른 꽃, 검게 변해 뒤틀린 꽃,

납작 찌그러진 꽃, 어른 주먹만 한 꽃부터 갓난아기 주먹만 한 꽃까지, 많은 통꽃들이 슬래브의 굴곡진 홈을 따라 누워 있다. 흡사 옴팡밭에 누운 4·3의 희생자들 같다. 꽃을 세어 보니 300여 송이나 된다. 지붕의 왼쪽에는 진초록 동백나무가 햇살을 등지고 서 있다. 동백나무가 총을 들고 서 있는 군인 같다.

　작고 초라한 지붕 위에 쓰러져 누운 통꽃에서 비명소리가 들린다. 저 고운 꽃들이 언제 무참히 참수 당한 것일까. 밤새 폭풍이 불었던가. 눈보라가 휘몰아쳤던가. 떨어져 누운 동백꽃을 보는데 내 마음이 아파온다.

「4·3집단학살의 상징 북촌 너븐숭이」

여기서 슬래브 지붕 위에 떨어져 있는 동백꽃은 모두 집단 학살된 피해자들의 이미지다. 꽃들은 형태와 크기가 모두 다르다. 어린애와 어른, 엎어져 죽고 처박혀 죽고 온갖 참혹한 형태의 민중학살 장면이 지붕에 떨어진 동백으로 표현되어 있다. 300개 꽃송이는 어느 한 군데서 죽은 집단학살 된 사람들의 수를 상기시킨다. 직설적 표현 대신 제주도에 많은 동백꽃으로 대신했다. 붉은 색이 피의 죽음이 되고 녹색이 군복이 되고 동백꽃은 바닷가에도 많이 피며 제주도를 연상시키기 때문이다.

　기마경찰의 말발굽에 어린애가 다쳤어도 그냥 가버리고 항의하는 군중을 총질로 대응하다 일어난 민중들의 주검이라면 붉고 아름다운 동백꽃의 비유가 적절하다. 그 배경에 남로당이 있었다 해도 아줌마와 노인들까지 다수를 몰살하고 온 마을을 불사르고 고문하고 다시 6·25가 터지자 남은 유족들까지 그랬던 것은 무서운 제노사이드다. 제주도민 전체는 아니지만 또 연행하고 고문하고 죽인 그것은 제주도민을 거의 모두 빨갱이로 몰고 없애려 한 인종학살을 연상하게 된다.

그 끔찍한 피의 제전이 본문에서는 구체적 사실로서의 산문으로 나타난다.

"따다다다 따다다다"

"야야, 대가리 땅에 박고 엎드려라."

"엄마의 고함소리에 납작 엎드려 있는데 엉덩이에 뭐가 걸렸어. 양손으로 땅을 짚었는데 끈적끈적한 것이 묻었어."

고완순 씨 옆에는 총에 맞아서 죽은 아기 엄마의 피가 땅에 고여 있었다. 고무신이 벗겨진 젊은 여자가 그 옆에 누워 있었다고 한다.

"우리는 다 엎드려 있는데 왜 이 사람은 누워 있을까, 이상해서 돌아보니 머리에 피를 흘리며 아기를 안고 죽어 있었어. 갓난아기가 자지러지며 엄마의 젖을 빨고 있었어."

고완순 씨에게는 세상에 태어나서 처음으로 겪어 보는 공포였다고 한다.

「4·3집단학살의 상징 북촌 너븐숭이」

이것은 당시 10세 소녀였던 생존자 고완순씨로부터 직접 증언을 들고 쓴 기록이다. 고완순 소녀는 북촌국민학교 운동장에 끌려갔다가 먼저 집단 학살된 사람들이 있는 데서 이것을 본다. 엄마는 이미 죽어 있었다. 죽은 엄마의 젖을 빨고 있던 어린애도 그대로 죽었을 것이다. 그런데 작가는 이를 참담한 그것을 아름다운 꽃의 피어남으로 대신함으로써 슬픔의 서정적 미의식으로 공포감이나 역겨움을 피하고 있다.

다음 장면에서도 그렇다. 총소리와 함께 절벽에서 바다로 떨어지는 딸들의 죽음이 꽃잎으로 묘사되고 있다.

그 모습을 보니 마음속을 부유하던 상상이 꿈틀댔다. 4·3사건 당시 북촌리 마을을 불태운 검은 연기가 하늘을 뒤덮던 날, 서우봉 절벽에서 꽃다운 딸들이 총소리에 비명을 지르며 꽃잎처럼 떨어지던, 그 장면을 상상했다.

「함덕바다와 서우봉」

2. 소설적 서사문학 양식

작가는 어린애의 죽음을 꽃의 피어남으로 대신하는 시적발상으로 서정성을 높이는 한편 이를 산문이 아닌 시로 바꾸기도 했다.

그런데 많은 객관적 기록물은 소설적 서사문학으로 바꾼 것이 많다.

"엄마, 그때 희생된 사람들 중에는 애기들도 많이 있었다면서 요?"

"엄마나 할머니 등에 업힌 채 끌려나간 아이들도 많이 죽었다 고 해. 불쌍하게."

"네. 그때는 도피자 가족들도 많이 희생되었다는데 함덕에서도 그랬어요?"

"함덕리 평사동 '관뎃모살'이라는 데서 도피자 가족들이 총살당 했다고 해."

"도피자 가족들까지 학살당했다니 끔찍하네요."

"애기들부터 노인들까지 집에서 잠자다가 끌려나가 총살당했 다고 하니 끔찍하다."

"남은 가족들에게 자유조차 없었던 거네요?"

"자유가 뭐야, 곧바로 집단수용소로 끌려가서 생활했다고 하니 날마다 공포였겠지."

"그곳에서는 다른 고문이나 학살은 없었을까요?"

"있었대. 어떤 할머니가 증언한 자료집을 봤는데 같이 온 다른 사람들은 가벼운 취조를 받았는데 그 할머니는 질기고 넓적한 고 무줄로 온몸이 거멓게 되도록 매를 맞았대. 옷을 전부 벗으라 입

으라 하며 군인들이 희롱을 했었고, 매로 정신이 잃은 할머니를
패대기치듯 던지는 것을 반복했다고 해."

「함덕바다와 서우봉」

작가는 딸과 함께 많은 사건의 현장을 답사했다. 그때마다 딸과 동
행했기 때문에 사건 설명을 딸과의 대화체로 바꾸고 있다. 그럼으로
써 모녀가 만나며 사건 배경을 그리고 사건 진행과정을 지문과 대화
로 나타냄으로써 소설적인 서사문학이 되고 있다. 등장인물이 과거
를 회상하고 감정을 표현해 나가기 때문에 사실만의 객관적 기록과
달리 문학적 감동과 흥미가 따른다.

3. 서사적 풍경의 아름다움과 평화의 절규

작가는 객관적 기록성만이 아니라 가끔 아름다운 서경 묘사로 기
록 속에 숨소리와 슬픔을 쏟으며 작품화하고 있다. 평화의 호소력도
매우 감동적이다. 이럼으로써 다큐멘터리에 문학성을 접목시켜 작품
가치를 고양시키고 있다.

정방폭포는 그날의 일을 아는지 모르는지, 하얀 소복 같은 물
줄기를 퍼붓고 있다. 어쩌면 그도 긴 세월 동안 울음을 쏟아내며

서 있었을 것이다.

동광리 임문숙 씨 식구들이 많이 끌려가게 되었는데 정방폭포에서 학살되고 물길 따라 바다로 가게 되었다. 그래서 시신을 찾지 못하게 되었다. 정방폭포의 그 아름다운 절경 뒤에는 이런 쓰라린 4·3의 상처가 숨어 있었다.

동광리 큰넓궤와 정방폭포의 사건을 알고 나니 바윗덩이가 내 가슴을 짓누르는 듯했다. 제주도민들은 평생 바윗덩이 하나씩 안고 살았을 것이다. 누구에게도 4·3에 대해 말하지 못한 채 동굴 속의 바위처럼 살았으리라. 피해가 컸던 만큼 4·3이 남긴 유적이 많은 동광리. 그날의 상흔들이 인권과 평화에 대해 다시 한번 생각하게 한다.

「동광리 큰넓궤와 헛묘」

4. 서사문학으로서의 새로운 지평

다큐멘터리는 사실 전달의 기능 때문에 시나 수필이나 소설 같은 문학적 기법에 한계가 있지만 작가는 활달하고 간결한 문체로 다큐멘터리의 한계를 극복하고 있다. 그리고 긴장감이 넘치는 서사문학의 장점을 지닌다. 사소설적 한계에 갇히기 쉬운 많은 작품들과 달리 이것은 거대한 활화산의 분화구를 찾아가는 것이나 마찬가지여서 박진감 넘치는 문학이 된다.

다큐멘터리는 지금까지 발굴된 것만도 너무 방대해서 전체를 빠짐 없이 다루기는 어렵다. 그러나 작가는 피해가 매우 큰 지역과 함께 그다지 알려지지 않은 사건을 소재로 함으로써 제주4·3사건의 현장 을 전체적으로 균형맞게 그 윤곽과 성격을 찾아 나갔다. 동광리 큰넓 궤의 굴속에 숨어 있던 양민들이 마지막에 정방폭포 절벽으로 끌려 가서 총살되고 바닷속으로 내던져진 이야기는 사건의 반인류적 야만 성을 드러내는 대표적인 사례다.

이것이 같은 핏줄의 한국인 자신들이 저지른 사건이고 지금도 그 동족학살자들이 우리 곁에 살아 있음을 생각하면 공포감과 동족으로 서의 자괴감과 수치심이 스며든다. 이곳이 우리들도 해외여행하듯 가장 많이 찾는 관광지라면 우리는 동족의 피를 밟고 다니며 즐기는 셈이 된다.

이 논픽션집은 작가가 이런 사실을 문학적 메시지 형태로 우리들 에게 전하며 올바른 역사의식을 일깨워 주는 중요한 역할을 한다. 앞 에서 인용한 제주4·3사건의 도화선이었던 3·1사건, 동광리 큰넓궤와 헛묘, 도틀굴과 목시물굴, 함덕바다와 서우봉, 도령마루 꽃무릇, 오 름마다 붉은 동백, 알뜨르 비행장과 예비검속 학살 터 섯알오름, 등 가죽이 벗겨지며 쌓은 낙선동 성터, 주정공장 수용소 4·3역사관에서, 선인장 가시처럼 살아야 했던 등이 모두 중요한 사건현장 답사이며 4·3 사건이란 무엇인가 하고 진지한 질문을 던지고 답을 찾는다.

5. 사랑과 행복

　이 논픽션집의 중심 주제는 국가폭력으로부터의 인간 생명의 존엄성 지키기이며 사랑과 평화를 호소하는 메시지라 할 수 있다. 이 작품에서 작가의 말을 읽으면 가슴이 울컥해지는 새로운 감동이 일어난다. 국가적 폭력만 없다면 우리들은 남달리 부자도 아니고 힘은 들어도 그것이 행복한 삶임을 절감하게 해준다. 그래서 작은 행복을 그리고 있다. 전쟁이 없고 국가폭력이 없이 '초가삼간' 집을 짓고 '양친 부모 모셔다가' 오래 이별 없이 살면 그 이상 바랄 것이 없다는 행복철학이 성립된다.

　국가폭력이라는 것만 없다면 우리는 사랑과 평화 속에서 그렇게 행복해질 수 있다. 정여운 작가는 이를 우리 자신의 국가권력이 저지른 제주도의 참혹한 범죄와 그 후의 군사정권이 저지른 야만성의 생생한 기록과 문학적 감동을 통해서 증언해 주고 있다. 세계 어디서나 이런 문제를 고발하고 증언하는 다큐멘터리는 문학사에서 큰 비중을 차지하지 못하고 있지만, 문학이 인류의 가장 소중하고 긴급한 과제에 좀더 기여해야 한다는 입장에서 본다면 이런 논픽션집은 우리 문학사에서 소중한 가치를 지니게 될 것이다.

누군가 자꾸 나를 부를 때

『오름마다 붉은 동백』은 제주4·3사건을 다룬 글이다. 사실을 바탕으로 하되 읽기에 너무 딱딱하지 않게 하려고 구성방식에 심혈을 기울였다. 기행문과 소설 형식인 대화체로 썼다.

오래전에 제주4·3사건에 대해 관심을 갖고 있었는데, 시 등단 준비하느라 쓰기를 미루다가 5년 전부터 제주4·3사건에 대해 다시 손대기 시작했다. 내 안에서 누군가 자꾸 나를 부르는 것 같았다. 작가라면 이런 일에 외면하면 안 된다는 소리가 수시로 내면에서 들려왔다.

한국사에서 제주4·3은 무엇일까. 1950년에 발발한 한국전쟁 다음으로 많은 인명피해가 생긴 이 사건의 발단은 무엇일까.

이 기록문은 당시 4·3사건 피해자의 눈으로 4·3을 바라보려고 한다. 『제주4·3사건진상조사보고서』(제주4·3사건진상규명및희생자 명예회복위원회, 2003), 『제주4·3사건추가진상조사보고서 Ⅰ』(제주4·3평화재단, 2019)과 KBS '다큐멘터리 제주 4·3 70주년' 영상, 『제주4·3유적지기행—잃어버린 마을을 찾아서』(제주4·3제50주년학술문화사업추진위원회 編, 1998, 학민사 刊)에 수록된 피해자의 증언을 토대로 재구성하였다. 등장인물, 사건과 장소, 시간은 가공되지 않은 사실이다. 다만 구성방식에서 사건이나 인물에 대한 것을 대화 형태로 재구성하였다. 또한 피해가 매우 큰 지역과 함께 그다지 알려지지 않은 지역을 위주로 찾아 씀으로써 균형을 맞추고자 했다. 학살의 종류와 형태, 학살 장소와 발생 날짜, 희생자의 숫자, 집단학살 사례도 썼다.

자료의 신뢰성을 위해 JIBS에서 제작한 '제주4·3 현장을 찾아서'를 참고했으며 현장감을 위해 목차에 소개한 지역은 두 차례에 걸쳐 거의 답사하였다. 제주4·3사건으로 인해 제주도에 잃어버린 마을이 130여 곳이나 된다는 것을 이번에 알게 되었다.

2024년 올해로 제주4·3 76주년이 된다. 제주4·3사건을 겪었던 많은 분이 이미 이승을 떠났거나 고령의 노인이 되었다. 제주4·3사건이 끝났음에도 오랜 세월 '4·3'이라는 말을 꺼내기조차 금기시되어왔던 침묵의 언어. 대체 어떤 상황이었을까.

제주4·3사건이 발발하던 1947년부터 제주도는 온통 비명과 잿빛이었다. 1947년 3월 1일, 제주 4·3사건의 도화선이 된 관덕정의 총성 뒤에는 과연 어떤 일들이 있었을까. 제주 4·3사건은 1947년 3월 1일부터 1954년 9월 21일까지 7년 7개월간 일어난 민중항쟁이라 할 수 있다.

전쟁 상황도 아닌데 왜 그렇게 많은 양민이 학살되는 참상을 맞았을까. 왜 제주도는 초토화되었을까. 그 긴 세월 동안 왜 제주4·3사건은 한반도 역사에 제대로 기록되거나 민중들에게 알려지지 않았을까. 그들은 어떻게 비명횡사했을까. 나는 알고 싶다. 숱한 불면의 밤을 보내며 글을 쓰는 이유와 목적이 여기에 있다. 인권은 누구에게나 소중한 것이다. 거센 폭풍 앞에 짓밟히고 꺾인 꽃대궁, 파리한 꽃잎들, 그리고 '오름마다 붉은 동백' 뒤에는 무엇이 있었을까.

제주4·3사건에 관한 자료수집을 끝내고 5년 전부터 본격적인 창작을 시작했는데 컴퓨터가 바이러스에 걸려 몇 달간 중단했다. 코로나 시국에 원주 토지문화관에 입주했다.

작년에 4·3 유적지를 2차 답사하면서 그때 찍은 사진들도 덧붙였다. 제주 곳곳에는 4·3의 상흔이 많다. 이 글을 쓰면서 마음이 많이 무겁고 고통스러웠다. 아픔과 고통의 장면을 쓸 때마다 숨 고르기를 해야 했다.

이 기록문을 잘 쓸 수 있도록 집필실을 마련해 주신 토지문화관과 늘 격려로 응원해 주는 가족들께 고마움을 전한다. 또한 해설을 써 주신 김우종 교수님, 감수를 해주신 강덕환 시인·제주4·3연구가님, 주정공장 옛터에서 해설해 주신 오승국 시인님, 김윤희 선생님, 실천문학 출판사와 편집부 여러분들께도 깊은 감사 인사를 올린다.

2024년 만추에
정여운

■ 참고자료

제주 4·3사건 진상규명 및 희생자 명예회복위원회, 『제주 4·3사건 진상조사 보고서』, 2003.

제주 4·3 평화재단, 『제주 4·3사건 추가 진상조사 보고서 Ⅰ』, 2019.

KBS '다큐멘터리 제주 4·3 70주년' 영상.

제주 4·3 학술·문화 추진 위원회, 『잃어버린 마을을 찾아서』, 학민사, 1998.

제주 4·3 연구소, 『무덤에서 살아나온 4·3 '수형자'들』, 역사비평사, 2002.

제주 4·3 연구소, 『이제사 말햄수다 1』, 1989.

제주 4·3 연구소, 『이제사 말햄수다 2』, 1989.

JIBS에서 제작한 '제주 4·3 현장을 찾아서' 영상

허영선, 『제주 4·3을 묻는 너에게』, 서해문집, 2018.

양조훈, 『4·3 그 진실을 찾아서』, 도서출판 선인, 2015.

양정심, 『제주 4·3 항쟁』, 도서출판 선인, 2018.

『다랑쉬굴의 슬픈 노래』(각 출판사).

현기영 소설집, 『순이 삼촌』, 창비, 2020.

우동식 시집, 『여순 동백의 노래』, 실천문학사, 2022.

이산하 시집, 『한라산』, 노마드북스, 2018.

김수열 시집, 『꽃 진 자리』, 걷는 사람, 2018.

강덕환 시집, 『그해 겨울은 춥기도 하였네』, 풍경, 2010.

오승국 시집, 『아쉬운 기억』, 도서출판 각, 2021.

강요배 화집, 『동백꽃 지다』, 도서출판 보리, 2008.

주정공장수용소 제주 4·3역사관 자료.

제주 4·3 70주년 기념 4·3역사사진집 1

【4·3유적지기행】 주정공장 자료.

1부 | 제주4·3사건이 뭔가요?

시 「도령마루 꽃무릇」, 제주4·3평화기념관 전시회, 2023. 4. 3〜 8.31

시 「도령마루 꽃무릇」, 제주4·3 75주년 추념시집 『서러울수록 그리울수록 붉어지는』, 한 그루, 2023

2부 | 오름마다 붉은 동백

「주정공장을 찾아서」, 《에세이스트》 2023. 9-10

「주정공장을 찾아서」, 《새얼문학 25》 2023. 12

오름마다 붉은 동백

2024년 12월 06일 1판 1쇄 찍음
2024년 12월 16일 1판 1쇄 펴냄

지은이   정여운
펴낸이·편집장 윤한룡
디자인   윤려하
관리·영업   이소연
홍보   고 우

펴낸곳   (주)실천문학
등록   10-1221호(1995.10.26)
주소   남양주시 퇴계원읍 퇴계원로 52 405호
전화   02-322-2161~3
팩스   02-322-2166
홈페이지   www.silcheon.com

이 책의 1부는 2021년 원주 토지문화관에서 창작한 작품입니다.
이 책은 2024년 인천문화재단 예술창작지원사업 수필 부문에 선정되었습니다.

ISBN 978-89-392-3160-3 03810